BICHOS DA TERRA TÃO PEQUENOS

Joel Rufino dos Santos

BICHOS DA TERRA TÃO PEQUENOS

Romance

Rocco

Direitos desta edição reservados à
EDITORA ROCCO LTDA.
Av. Presidente Wilson, 231 – 8º andar
20030-021 – Rio de Janeiro – RJ
Tel.: (21) 3525-2000 – Fax: (21) 3525-2001
rocco@rocco.com.br
www.rocco.com.br

Printed in Brazil/Impresso no Brasil

preparação de originais
LIGIA DINIZ

CIP-Brasil. Catalogação na fonte.
Sindicato Nacional dos Editores de Livros, RJ.

S235b Santos, Joel Rufino dos, 1941-
Bichos da terra tão pequenos: romance/Joel Rufino dos Santos. – Rio de Janeiro: Rocco, 2010.

ISBN 978-85-325-2587-1

1. Romance brasileiro. I. Título.

CDD–869.93
10-2882 CDU–821.134.3(81)-3

No mar tanta tormenta e tanto dano,
Tantas vezes a morte apercebida;
Na terra tanta guerra, tanto engano,
Tanta necessidade aborrecida!
Onde pode acolher-se um fraco humano,
Onde terá segura a curta vida,
Que não se arme e se indigne o Céu sereno
Contra um bicho da terra tão pequeno?

Os Lusíadas, Canto Primeiro, estrofe 106

Este é um romance de imitação

o retrato

– Desgraça.

Como tinha o osso vertical da testa mais alto que o dos colegas, lhe deram um apelido:

– Vinquinho.

Incomodado, passava talco na testa muito negra. Como era miúdo, mais que os outros, quis um cachorro.

– Vinquinho, como vai se chamar teu cachorro?

– Leão.

Incomodava a irmã, mas nunca a mãe, com um assunto triste:

– Nunca vi meu pai.

– Não enche.

Quando vinha chegando o Natal, a igreja fervia. Pastor Magalhães lia Mateus:

– Capítulo I, versículo 18: "Ora, o nascimento de Jesus Cristo foi assim: Estando Maria, sua mãe, desposada com José, antes de se ajuntarem achou-se ter concebido do Espírito Santo." Versículo 19: "Então José, seu marido, como era justo, e a não queria infamar, intentou deixá-la secretamente."

Diminuiu a voz, perguntou à irmã:

– Por que José não quis fazer aquilo com Maria?

– Aquilo o quê? Não fale saliência.

– Infamar. José não quis infamar Maria. Ouvi bem.

– Vinquinho, você é horrível. Arderá no inferno.

O pastor decidira batizar novos irmãos na data sagrada. À meia-noite mergulharia os convertidos, de camisolão, um a um, enquanto a congregação cantaria:

– "Mais perto quero estar, me-eu Deus, de Ti-i.../ Mesmo que seja a dor que me una a Ti-i-i."

Vinquinho avisou à família que chegara a sua hora, fizera treze anos, os colegas estavam salvos:

– Vou me batizar no Natal.

A irmã olhou assustada:

– Não brinque com Deus. Se estiver fingindo sabe o que acontece? – fez suspense. – Quando o pastor te mergulhar no batistério, baubau.

– Baubau o quê? – o vinco da testa brilhou.

– Morre afogado.

Domingo pela manhã, sem falta, pastor Magalhães lia Mateus:

– Mateus, capítulo I, versículo 23: "Eis que a virgem conceberá e dará à luz um filho, e chamá-lo-ão pelo nome de EMANUEL, que traduzido é: Deus conosco."

Parecia não ouvir, puxou a blusa da irmã:

– Descobri que o pai do pastor não usa meia.

A irmã fungava:

– Como é que vai se batizar no Natal? Não respeita a Palavra de Deus. Prevejo uma desgraça nas águas do batistério.

Contudo, a irmã, ela própria, lhe coseu o camisolão branco. E se cosesse uma mortalha?

A irmã caminhava para casa, voltando da aula de plissê. Quem viu saindo da igreja de São Pedro?

– Não acredito!

Agarrou o pecador pelo pescoço:

– Você é o diabo em pessoa. Que fazia na igreja católica se é crente?

– Fui olhar os santos.

– Como pode falar em santos? Santo só Cristo Jesus de Nazaré. No mês de Natal só me faltava essa.

Recuou:

– Eu menti. Fui ver o presépio.

– E não tem acaso presépio na igreja de Cristo? Vinquinho, Vinquinho, que a misericórdia do Senhor caia sobre ti.

Temendo pela pressão da mãe, a irmã não contou em casa:

– Arderá no inferno. Quando entrar na água pela mão do pastor, haverá uma desgraça.

Um dia, mal dos males, voltou do colégio com um cordão vermelho e preto:

– É Flamengo.

A irmã sabia que era Exu:

– De batizado marcado, ainda faz macumba. Esse desgraça a família.

A mãe arrancou a coisa com violência. Lembrou-lhe a história do louco gadareno:

– Urrava nos cemitérios. Se ouvia o nome de Jesus, arrancava a própria pele com unhas pretas de terra. Cristo lhe perguntou: Como te chamas?

Arregalava os olhos, imprensando Vinquinho na parede do banheiro:

– Cristo perguntou: Como te chamas?

Mesmo assim mantiveram o batismo. A família nada contou ao ministro:

– Desgraça à vista.

A igreja se apagou, ficou aceso o batistério:

– "Mais perto quero estar/ Me-eu Deus de Ti!..."

Começou um alarido fora do templo. Dois marginais fugiam da polícia. Invadiram a Casa do Senhor. Tiros. Policiais de colete entraram atrás. Lá se foram as palmas e os lírios de saudar os batizados. Um dos elementos caiu fuzilado ao lado do coro, o sangue correu para debaixo do órgão. O outro se refugiou no batistério. O pastor largou Vinquinho e pulou pelos fundos.

– Se entrega, filho da puta! – berrava o delegado de cordão de ouro.

O fugitivo se aconchegou a Vinquinho, na água fria atirou a bereta, pediu:

– Me ajude, colega.

A polícia acendeu as luzes.

– Me ajude, colega.

Vinquinho e o fugitivo transidos de medo no batistério escuro.

Sussurrou para o outro:

– Meu apelido é Vinquinho. Quase não tenho nome. Você como se chama?

– Emanuel.

O delegado apertou com o pé o pescoço do que ia morrer. Vinquinho se abaixou e fez uma coisa que ninguém viu.

A bem da verdade, suas desventuras começaram um ano antes, ao conhecer a missionária americana:

– Me ensinou um hino.

– Só pra você? – perguntou a irmã.

– Pra todo mundo. Mas olhava pra mim.

– Você é convencido pra burro. Não vejo nada de bom no seu futuro. Mas como é?

Cantou, revirando os olhos:

– "Os índios lá no Norte estão pensando em nós aqui/ Eles desejam salvação/ E pedem, sim, ó vem! Ó vem, ó vem/ Vem nos falar de Jesus."

A irmã jogou água fria:

– Mais velho que andar pra frente.

Não ligou. Falava da missionária com olhinhos acesos:

– Sabe como se chama o nome dela? Dona misse Lôuis.

A irmã outra vez o enfrentou:

– Preste atenção, meu amor. Se já é miss não precisa botar o dona. Ou é miss ou é dona. Pescou?

Se nem com a família podia se abrir, era a última das criaturas. No domingo, foi o primeiro a pular da cama. Tirando a remela, cantarolava:

– "Os índios lá no Norte estão pensando em nós aqui."

Passou vaselina nas canelas ruças, pó de arroz na testa brilhante.

No canto da varanda em que se reuniam os Embaixadores de Cristo, se acomodou na frente. A supervisora apareceu com um americanão de gravata-borboleta:

– Apresento o irmão Edward. Mister Edward.

– E dona misse Lôuis? – pulou Vinquinho.

– Miss Louise vai guiar a Sociedade de Moças. Vocês, Embaixadores de Cristo, a partir de hoje, ficarão com o irmão mister Edward.

Deu mais uma informação:

– O irmão Edward e a irmã miss Louise são noivos. Vão casar em maio. Entraram para missionários juntos. Uma benção de Deus.

– Benção de Deus, como assim? – indagou Vinquinho, alisando a perna. A vaselina começara a escorrer.

– O noivado.

Edward não era de perder tempo. Pediu o nome de cada embaixador. Não parava de sorrir, a gravata-borboleta de bolinhas azuis, o sol lá fora. Se sentou em posição de lótus, convidou os meninos a fazerem igual. A cada um que sentava, batia palmas enormes:

– Eia, Samuel, eia Ananias, eia Geraldinho!

Ganhou a simpatia de todos, menos de um.

– Conhece o parábola de ovelha?

– Mais velha que andar pra frente.

Sentado no meio da roda, Edward ajeitou a gravatinha:

– O que vocês acha é o maior invençom do homem? Começa, Samuel – e virou seu sorriso Gregory Peck para o coitado.

Samuel, na ponta da língua:

– O rádio.

Ananias:

– O avião.

Elias:

– A bomba atômica. Pode acabar com tudo.

Ezequiel, que tinha a mão mirrada e a cabeça em funil:

– A maior invenção do homem é a máquina de somar. Tem no escritório do meu cunhado.

Três embaixadores saltaram ao mesmo tempo:

– E seu cunhado lá tem escritório?

Ezequiel se encolheu:

– Só porque é preto não podia ter?

Mister Edward mudou o foco, assustado:

– Máquina de calcular é, sim, um grande invençom. Que importa ao Criador dos Céus e Terra se o cunhada de Ezequiel não ter escritória. – E para Vinquinho: – Diz agora você.

– Nem matando.

Edward viu ali uma antipatia sem fim:

– Diga lá, diga lá. Qual seja que for.

– Não digo.

O olhar dos colegas coçava a nuca do rebelde. A camada de vaselina chegara às sandálias:

– Agora nem Jesus aparecendo.

– Nom quer dizer agora – falou o missionário – diz depois.

– Nunca.

Então, Mr. Edward, que, apesar de moço, levará o Evangelho ao Peru e à Conchinchina, viu que Deus escolhera a antipatia de Vinquinho para glória de Seu Nome:

– Todos esses coisas maravilhosos são invençom do homem. E Quem inventou o homem?

Vinquinho levantou o dedo:

– Já posso dizer qual é a maior invenção do mundo. Sua noiva.

A mãe chorou todo o caminho de volta. Não lhe dirigia a palavra. Só à irmã, fungando no lenço preto:

– O pastor me chamou no fim do culto. Não imagina a saliência do teu irmão. Não somos nada neste mundo. E esse aí nem de nós tem compaixão.

Um dos primos de Vinquinho era o Sol dos índios. A mãe do herói ainda assim o admirava:

– Guaraci só tem um defeito. Gibi.

Desconfiava de que emprestasse gibis a Vinquinho. Quando vinha em casa, o seguia com a ajuda da filha. Descobriram que guardava *Nioka, a rainha da selva*; *Capitão Marvel*; *O Fantasma*; *O príncipe submarino* e *Tocha humana* debaixo do colchão.

– Peço por tudo quanto é sagrado. Não leve meu filho para o caminho do mal.

Guaraci jurou inocência:

– A senhora me conhece. Gibi nunca estragou ninguém. O Bem sempre triunfa do Mal. É batata.

– Não me engane, Guaraci. Vinquinho trocou o nome do Leão pra Capeto. Quem é esse?

– O cão do Fantasma, tia. Há de ser porque entende a fala dos humanos.

Na igreja perguntaram a Vinquinho o que queria ser quando crescesse.

– Jornaleiro.

– Só isso? Pode ser pastor, engenheiro, fiscal de instituto.

A mãe temia que revelasse a razão da escolha.

– Melhor jornaleiro que desaparecido, como teu marido – se meteu a avó.

A irmã, sempre pronta, se voltou contra ele:

– Se não lesse essas porcarias a família não brigava.

– E você que lê *Grande Hotel*? Sei quem te empresta.

Cada vez que partia o primo Guaraci, a mãe mandava a irmã levantar os colchões de casa. E ela, de repente, cúmplice:

– Está curado. O Senhor nos ouviu.

Convencida, a mãe voltou a lhe dar, na saída para a igreja, a moedinha da coleta. Vinham os diáconos com as sacolas marrons, uma para notas, outra para moedas, enquanto a congregação cantava: "Eis que vamos para aquele bom país/ Onde o crente, sim, é Cristo quem nos diz/ Com seu Salvador pra sempre ali feliz/ Vai com Ele descan-an-sar." Vinquinho mais os colegas enfiavam as mãos fechadas nas sacolas, o dinheiro fazia tlim-tlim no fundo.

Um domingo, pastor Cawsert acrescentou ao sermão uma advertência:

– Chapinhas de cerveja apareceram nas sacolas da coleta. Orai contra o espírito imundo.

– Vinquinho – lhe segredou a irmã –, não acredito que o espírito imundo é você. Arderá no inferno.

– Lendo *Grande Hotel*.

– Se ainda fosse chapinha de Grapette. Você nos desgraça.

– Conhece o versículo "Aceita o Senhor teu Deus e serás salvo tu e a tua casa"? Basta um santo na família.

Aos domingos, com supervisão da avó, agora entrevada, a mãe cozinhava para pastor Walfrido, de Engenheiro Leal.

Arrumada a mesa, o pastor com cara de cavalo e a mãe se fechavam no quarto. Vinquinho desconfiava:

– Por que não oram na sala?

– Vai saber – filosofava a irmã, espremendo limão para o refresco. – Muita coisa nesta casa é segredo.

O pastor adormecia na mesa, o braço estirado sobre a toalha de plástico. A mãe lhe tocava o ombro:

– O senhor por que não repousa um pouco?

Ajudava-o até a cama, enquanto Vinquinho e a irmã partilhavam a sobra. Com duas horas, o ouviam lavar a cara enorme na pia:

– O Senhor esteja convoscas, irmãs.

Antes de partir, conduzia a família em oração. Ao abrir o portão, já a mãe alisava as duas notas que Walfrido deixava dentro da Bíblia.

A mãe, nesse tempo, era bem-feita e tenra, cabelos em coque. Teria um passado? Duas ou três vezes ao ano, vinha visitá-la o irmão mais novo, pai de Guaraci. Era grato à mãe de Vinquinho, por tê-lo trazido do Norte ainda menino. Não se entendiam, era um homem corpulento, suado, conhecido como O Brahma, descrente de Deus, devorador de pimentas e tremoços. Depois é que mandaram buscar a avó.

Já no primeiro ano primário, lia perfeitamente. Os colegas tropeçavam, engoliam a pontuação. Sabendo que declamava na igreja, dona Edite, preta como ele, o fez decorar "O navio negreiro" para a festa do Treze de Maio:

– Os brancos fizeram o diabo com nossos avós. Agora vão engolir um pretinho recitando verdades: "Senhor Deus dos desgraçados!/ Dizei-me vós, Senhor Deus!/ Se é loucura, se é verdade/ Tanto horror perante os céus."

O fotógrafo oficial da Rede Escolar brincou, espocando flashes:

– Vai queimar. A escuridão é muito grande.

Já sério, quis repetir fotos sem os pretos. Dona Edite subiu nas tamancas:

– Fizeram o diabo com nossos avós. O senhor está numa escola pública. Não seja racista.

A diretora a abraçou:

– Não se pode brincar, minha querida? A princesa Isabel é a santa do Brasil.

Antes dos salgadinhos, Edite catou a bolsa:

– Espírito de porco.

O pai de Merienne, a riquinha da classe, trouxe da América um apontador que acendia. Sumiu. Edite passou a chave na porta:

– Enquanto não aparecer, não sai mosquito ensebado por aquela porta.

De todos queria bolsos esvaziados, pastas abertas sobre a carteira. Começou a inspeção pelos pretinhos. Vinquinho abraçou a sua pasta:

– Nem matando vai revistar a minha.

– Quem não deve não teme – choramingou Merienne.

– Não abre? – disse Edite com raiva. – Vai pro diretor.

Na semana seguinte, Merienne usava o apontador:

– Estava em casa.

Edite pediu desculpas:

– Como professora de vocês não tinha outra atitude.

– Professora de quem? – disse Vinquinho, esganiçado. – Minha não é.

No meio do ano, Edite saiu da escola, Merienne foi escolhida Princesa da Primavera, apesar das perninhas finas e do nariz pronunciado, Vinquinho aprendeu a gazetear. Certo dia foi com um grupo à Quinta da Boa Vista. Alugaram um barco, que virou, encharcando roupas e pastas. A irmã, que o viu primeiro, lhe deu roupa seca, pôs os livros no forno:

– "Tão medonha é a tua falta, que o Senhor te cobre a fronte." Conhece este versículo, coisinha?

No ginásio, tinham de levantar quando o professor entrava:

– Sou Matta, com dois tês, professor de latim. Podem sentar e não me perguntem nada. Estou nos azeites.

Pôs no quadro as primeiras linhas do Bellum Gallicum: "*Gallia est omnis divisa in partes três, quarum unam incolunt Belgae, aliam Aquitani, tertiam qui ipsorum língua Celtae, nostra Galli appellantur*."

– Estou nos azeites.

Em nome de Cristo, a mãe proibia quase tudo. Rádio, ouviam no quarto da avó. Dançar, nem matando. Cinema, uma vez na vida outra na morte, a medo, nos domingos que ficava em casa de colegas da igreja. Viu o *Frankestein* e teve pesadelos por meses, encurralado à beira do moinho pelo monstro de laboratório foragido de tochas. Aquela mulher pequena e triste teria um passado de dor? Tinha a pele quase marrom, luzidia, os lábios roxos. Mais bonitos que tudo os olhos, amendoados. Sem os dois filhos, Vinquinho e sua irmã, cinco anos mais velha, apostariam que, aos trinta e cinco, era virgem.

– Mãe, quem disse à senhora que crente não dança?

– As Escrituras. A Palavra de Deus.

– A Bíblia conta que Miriã dançou. O povo de Israel fugia do Faraó, não é que deram de cara com o Mar Vermelho? Vermelho de sangue inocente. Quer que leia? Êxodo 14, versículo 15: "Então disse o Senhor a Moisés: Por que clamas a mim? Dize aos filhos de Israel que marchem." Versículo 16: "E tu, levanta a tua vara, e estende a tua mão sobre o mar, e fende-o, para que os filhos de Israel passem pelo meio do mar em seco."

Os olhos da avó marejaram:

– Terei um neto pastor.

– Amém – fez a mãe. – Mas não vejo Miriã nem meia Miriã.

– Não cheguei lá. Versículo 21: "Então Moisés estendeu a sua mão sobre o mar, e o senhor fez retirar o mar por um forte vento oriental toda aquela noite; e o mar tornou-se em seco, e as águas foram partidas." Versículo 22: "E os filhos de Israel entraram pelo meio do mar em seco: e as águas" – Vinquinho fazia uma pausa pra marcar o verbo – "foram-lhes como muro à sua direita e à sua esquerda." – A mãe enxugava a mão no avental, para ouvir melhor. O calor lhe punha manchas de suor nos dois sovacos. O filho rebelde pregaria em igrejas enormes num alagado do Recife. A avó, curada do vento que a aleijara, lembraria à família que profetizara, antes de todos, o futuro do neto. – Versículo 23: "E os egípcios seguiram-nos e entraram atrás deles todos os cavalos de Faraó, os seus carros e os seus cavaleiros, até ao meio do mar." Versículo 26: "E disse o Senhor a Moisés: Estende a tua mão sobre o mar, para que as águas tornem sobre os egípcios, sobre os seus carros e sobre os seus cavaleiros." Foi batata.

Era sonso demais para o gosto da irmã:

– Inventou a história de Miriã. Que é que tem Moisés a ver com isso?

Inabalável, correu tranquilo o dedo sobre as Escrituras:

– Capítulo 15, versículo 20: "Então Miriã, a profetisa, a irmã de Aarão, tomou o tamborim na sua mão, e todas as mulheres saíram atrás dela com tamborins e com danças." Versículo 21: "E Miriã lhes respondia: Cantai ao Senhor, porque sumamente se exaltou, e lançou no mar o cavalo com o seu cavaleiro."

Desmontada, a mãe reagiu:

– Dançar, vá lá. Mas duvido que tenha tamborim na Bíblia.

– Olha aqui – Vinquinho fixou o dedo na passagem. – Mato a cobra e mostro o pau.

– Não fale palavrão, meu filho – fez a avó. E como Vinquinho viesse com o livro para ela: – Ah, se eu soubesse ler.

A mãe forçou a vista:

– Tamborim, quem diria. Deve ser outro instrumento, na época chamavam assim.

A irmã tomou a Palavra de Deus, aproximou da janela. Viu que estava escrito tamboril. Tanta falta de vergonha a comoveu:

– Até aí morreu Neves. Por isso quer transformar a casa em salão de dança? Vinquinho, Vinquinho.

Na família só havia Vasco e Flamengo. Ele era Botafogo:

– Torcendo por essa merda, Vinquinho? Toma tenência.

Um dia mexeu nas coisas da mãe, achou uma caixa de sapatos com retratos. Um negão de uniforme amarelo à frente de uma carroça de lixo, o avô. Uma crioula lustrosa de uniforme branco, servindo a mesa de um casal branco, a avó. Num estádio de futebol, a mãe quase menina, abraçada a um jogador com uniforme do Botafogo. A irmã abriu a porta de repente:

– Larga isso, estrupício.

Enfiou os retratos de volta na caixa:

– Ai, se mamãe te pega.

– Quem era?

– Quem era quem?

– O jogador do Botafogo.

O olho da irmã tremelicou:

– Um amigo. Se mamãe te pega, te come o fígado.

Se era na Ilha do Governador, tinha medo do barco. Se em Petrópolis, do trem. Ouvira contar que na descida a cremalheira não aguentava o peso, lá se iam os bichos da terra tão pequenos para o fundo do vale.

– Não é toda vez – explicou Samuel. – Só acontece quando as culpas dos passageiros somadas são maior que a tara. Tara, pra seu governo, é quanto a locomotiva pode aguentar.

Procurou miss Louise pelos vagões. Subira de carro com os dois pastores e o noivo. Com um nó na garganta, Vinquinho sentou longe dos colegas. Cuspia pela janela, incomodou o irmão Salustiano no banco de trás:

– Seu cuspe está vindo aqui. Conto já a sua mãe.

Num farnel havia sanduíches de queijo e mortadela, garrafas já abertas de Crush e Guará. A mãe não o deixou repetir. Ananias o chamou ao banheirinho, trancaram a porta, propôs fazerem xixi no copo que guarnecia a pia:

– Primeiro o seu, depois o meu. Xixi que recebe xixi o dono é viado.

– Por falar nisso, conhece a história de Eva e Adão?

Com um prego escreveram na porta: "Eu comi dona misse Louis". Ananias achou que tinham ido longe demais, jurou consigo se afastar de Vinquinho. Voltando ao vagão, o Conjunto Canaã cantava seu hino preferido: "Louvamos-te, ó, Emanuel, Emanuel/ Honra e glória, poder sem fim, hoje e para seeempre." O trem entrou numa curva, apitou. Adoraldo, o regente, afinou o coro pelo apito do trem. Bateram palmas. No último banco, o irmão Abomiel disputava identificação de versículos com um crioulo de óculos. Pela camisa branca com bolsos de botão seria trocador.

– "Pois grande é a tua misericórdia para comigo; e livraste a minh'alma do mais profundo da sepultura."

– Salmo 86, versículo 13 – acertou prontamente Abomiel. – E este? "Tornei a levantar os meus olhos, e olhei, e vi um homem em cuja mão estava um cordel de medir."

A disputa ficava cada vez mais apertada. Abomiel era imbatível, mas o trocador, desconhecido em Tomás Coelho, parecia um gigante. Vacilou. Pela regra, tinha três chances:

– É Sofonias 3, versículo 14. Não? Então, é Zacarias 2, versículo 2. Também não?

O trem o salvou. Última parada, daqui pra frente subiria na cremalheira. No varejo da estação, bolos mata-fome, pastéis imensos, apetitosos, escorrendo banha, refrescos de limão e groselha em potes de vidro grosso imitando pedras de gelo.

– Quero te contar uma coisa – disse Ananias, puxando Vinquinho. – Os americanos bebem.

– Como sabe?

– Fui na casa do diretor do Colégio Batista, chama Sincler, olhei pela porta do quarto, tinha uma loira de short vermelho fumando, um rapaz sem camisa enchendo a cara. Batata.

– Usavam meia?

– Não seja bobo, Vinquinho. Meia é café pequeno.

Quando o trem encostou, o Canaã cantava que no vale o sofrimento é tão comuuuum. Abomiel fechara a cara, desmoralizado pelo trocador de casimira:

– "Deus é amor!" – ele mandara na sua direção como um torpedo. – Ainda lhe dou cinco chances. Reconheço que é difícil.

– Na volta – a irmã pediu a Vinquinho –, vê se não cospe pela janela. Só faltava essa. E, outra coisa, espero que aquilo no banheiro não tenha sido arte sua.

Adoraldo afinara o coro pelo apito do trem. Edward e Louise subiam a serra de carro. Nos fundos do colégio, americanos que tinham vindo para atender o apelo dos índios fumavam e bebiam. No caminho de Petrópolis, o irmão Salustiano aguentava cuspe na cara. De sobra, o herói debochara dos amigos com o trocadilho horroroso.

Do piquenique em Petrópolis traria uma canela esfolada e um par de cascudos. Abomiel, com o pretexto de visitar um parente em Correias, não suportou regressar vencido. Na plataforma, a composição esperava o último apito para descer:

– Que o irmão Daniel nos guie em oração, agradecendo ao Pai Celestial o dia de hoje, pedindo que nos restitua em segurança às nossas casas – ordenou o pastor, levando o pânico aos medrosos da serra. Daniel não orava menos que vinte minutos. Cairia a noite. Agradeceu que nenhuma criança se machucara, nenhuma se perdera, a comida fora bastante, sobrando para os pombos e as cotias, a curta chuva do meio-dia, pela graça de Jesus, cedera à bonança da tarde ensolarada. Quando invocou a alegria de Jó, seu clichê, o trem apitou a primeira vez. Apitou uma segunda quando por meio do Justo ecoavam as trombetas de Jericó. A cada amém, os bichos da terra se inquietavam e disfarçadamente se acercavam da composição.

– Amém, irmão, que o trem já vai partir – gritou Vinquinho, iniciando o tropel.

Sentado, ganhou cascudos da mãe e da irmã. Chorou muito, antes de adormecer no regaço da avó.

– Mãe, peguei turbeculose do seu Jorge.

– Como sabe?

– Olha a minha mão – apertava o indicador e o polegar para verem o músculo descarnado. – Vão ficar sem mim.

Variava, apesar das compressas. Tinha um dente inflamado, o que complicava, começando a vomitar embora nada tivesse no estômago.

– Pegou aquela chuva toda e não parou um minuto – concluiu a irmã sobre a febre alta do herói.

– Vai depressa chamar o pastor – a mãe ordenou à irmã.

– O pastor, não – gemeu o moribundo. Temia ser o Pequenino Morto, sozinho no caixão fechado, "Não será bastante para que te guarde?". Lera na escola, naquela semana, o poema de Vicente de Carvalho: "Para que essa terra que jazia ao lado/ Pouco a pouco rola, vai desmoronando?/ Nem caminho deixam para os que lá ficam." A irmã, despachada, trouxe o enfermeiro da drogaria Pilares, que lhe emprestava *Grande Hotel*. Deu no herói um banho esperto, de tina, lhe comprimiu a gengiva sangrante com pedra de gelo:

– Passa já, meu querido, passa já.

Vinquinho adormeceu, o salvador pediu licença para entrar no banheiro. A mãe se lembrou do papel higiênico:

– Corre no vizinho, antes que ele acabe.

Quando a irmã voltou, esbaforida, o sujeito já conversava com a família, exibindo um dente podre:

– Minha família também era crente. Só eu desviei. Se a senhora me convidasse, domingo dava pra ir ao culto.

A avó não pregava prego sem estopa:

– Por que o senhor não cuida desse dente? Na sua profissão impressiona mal.

– É abandono, minha senhora. Quem dera alguém me cuidasse.

Por amor, mudou em diversas coisas. Vendeu os galos de briga que criava em parceria com o irmão, sumiu com o dente feio, agora sorria sem tapar com a mão. Só não ia ao culto estando de plantão. Não largou, porém, fora do serviço, a gorra de meia para alisar cabelo, e continuou a torcer pelo América. A avó suspeitava que fosse tuberculoso.

– Imagina se trabalhava de enfermeiro com essa doença – retorquia a irmã, de noivado marcado.

Depois que exibiu as abreugrafias, dava a mão ao herói à noite, como criança, de volta do culto.

O diretor financeiro interrompeu a aula de latim chorando:

– Getúlio se matou.

Seu Motta depositou o giz:

– Assim terminam os tiranos. Mas é uma grande notícia. Como foi?

A mulher, que vinha atrás com um copo d'água, fez relato decente. Pediu às crianças que fossem direto para casa, a conjuntura nacional era grave, sobrava comunista no Brasil. Na rua, como Sidarta Gautama, Vinquinho descobriu a face da consternação. Quebravam o balcão de vidro do varejo, sabido que o proprietário votava na UDN. Aos treze anos incompletos, fazia ideia do que fosse comunista? Escreviam nomes de mulheres em muros de estação, *Olga Benário, Elisa Blanco,* pediam voto para *Yedo Fiúza,* na Rússia separavam dos pais filhos ainda de chupeta, senhoras idosas varriam rua em avenidas geladas. No caminho da escola viram certa manhã um estandarte vermelho pendendo dos fios da Light: NÃO MANDEM NOSSOS FILHOS MORRER NA COREIA! ABAIXO O IMPERIALISMO! Dona Edite implicou:

– Não tenho nada contra, mas erraram a concordância verbal.

No Ginásio Cavalcante, os professores eram UDN, os empregados PTB:

– Petebo-comunistas – explicava o professor de canto orfeônico. – Se aprendessem o Hino Nacional em criança não falariam merda. Só sabem o hino da Rússia, a "Internacional".

Se separou dos colegas na entrada da rua. Gabriel, que devia a Vinquinho o apelido de Afogado, por conta da asma, aproveitou para se vingar:

– Pede ao teu pai que explique a morte do Getúlio. O meu, quando chegar, vai me explicar.

Em casa achou a vó e a mãe chorando. O rádio, que saíra do quarto, transmitia a carta-testamento.

– O único que fez pelo pobre – falou a mãe. – Tem razão, deixa a vida para entrar na história.

A irmã brigara com o noivo:

– Nenhum político presta. Mas é verdade. Se não fosse o Velhinho, preto continuava cercando cocô na chuva.

– Não era velho – corrigiu a avó. – Nem comunista. Quando foi no Recife mandou prender os comunas. O povo agora se queda desamparado.

A mãe se abriu com a mulher do pastor:

– Vinquinho, como se não bastasse, foge pra dançar. No fim da rua, numa casa de crioulos sem Deus, aproveita que dormimos cedo e cai no samba. Me mostrou a passagem de Miriã, com tamborim e tudo.

Nilza, pau de virar tripa, conhecia a história:

– As garotas hebreias dançavam, é verdade.

– Fora do Carnaval?

– Nem havia isso. A Bíblia conta duas vezes. Quando a mãe de Moisés engravidou e ela soube que ia ter um irmãzinho, e na travessia do Mar Vermelho, quando Jeová afogou os egípcios.

– Miriã era irmã de Moisés? – fez a mãe, ignorante.

– Legítima. E ainda tinham um outro irmão, Aarão. Casaram.

– Quem casou?

– Miriã e Aarão. Mesmo sendo irmãos casaram. No Velho Testamento era comum, moravam em tendas, o Senhor fingia não ver. O pecado deles foi outro, falavam mal de Moisés, que era mulherengo, pelos cantos. O Senhor apareceu na porta da tenda, chamou os três, lembrou que Moisés era servo querido. Quando sumiu, Miriã estava leprosa como a neve. Assim ficou sete dias, pelo seu pecado.

– Só por falar mal de Moisés? Acho muito – disse a mãe, angustiada. – E se foi por se deitar com o irmão?

– Irmã – Nilza usou a melhor voz –, já lhe disse que não era pecado. – Abriu o livro de Números, capítulo 20: – "Chegando os filhos de Israel, toda a congregação, ao deserto de Zim, no mês primeiro, o povo ficou em Cades: e Miriã morreu ali, e ali foi sepultada."

De qualquer jeito, depois do batismo com sangue, parecia condenado. Domingo de manhã, se escondia no quintal para não ir à igreja. A mãe lhe preparava a roupa:

– Vamos, meu pobre filho. O que passou passou.

Demorava um tempão no banheiro, voz cavernosa:

– Tanta dor de cabeça, não aguento andar.

A irmã arrastava a mãe:

– Deus lhe abrirá o coração.

Pastor Magalhães punha panos quentes:

– Está chocado. O sangue do pecador salpicou a cara do justo.

A irmã e sua melhor amiga, Bolinha, combinaram ir à parada do Sete de Setembro. A mãe consentiu, desde que levassem o homenzinho, acabado de aniversariar. No trem, compraram bandeirinhas do Brasil para os três. A coxa de Bolinha encostava na do herói. Ouvira dizer que até assim se gozava. Quereria a moça, de dezoito anos, gozar com um de catorze? Assistiram ao desfile de mãos dadas, acordando a paixão. Passou a Marinha, "Linda galera que em noite apagada/ Vai navegando no mar imenso/ Nos traz saudades da terra amada", a irmã não aguentava o "Cisne branco", chorou. Na volta, sem lugar vazio no vagão o herói sentou nos joelhos da moça, depois trocaram. A irmã só tinha cabeça para o desfile:

– Quando tiver um filho, boto no Colégio Naval.

– Não entra preto – se meteu, prestativo, um colega de trem.

– O meu há de entrar, com a graça de Deus. E cantarolou: – "O meu navio também flutua, nos verdes mares de norte a sul."

Os joelhos de Bolinha aqueciam a bunda de Vinquinho. Casariam. Subiria em cima dela debaixo do lençol.

– Tem um artigo do regulamento – insistia o colega bem informado – que proíbe candidato de glúteo desenvolvido. Sabem o que é? Bunda grande. Por esse artigo cortam os crioulos.

Bolinha deu um jeito de enfiar um joelho entre as pernas do herói. Pequena, carnes rijas e lisas, seios miúdos, sorriso de travessura:

– Olha essa bundinha aqui, moço – agarrou a de Vinquinho. – O senhor acha que dá pra cadete? – o trem caiu na gargalhada.

No domingo, Vinquinho retornou à igreja. A irmã desconfiou do motivo:

– Completamente imoral. Podia ser mãe dele.

Falou à amiga:

– Meu irmão arrastou a asa por você. Eras de ti, mana.

– Você bem sabe meu coração de quem é – só isso respondeu.

O lugar de Bolinha era na primeira fila do coro. Nem uma vez devolveu o olhar do menino. Na parada, rira e flertara, no trem incendiara quem já andava incendiado, fizera rir os fariseus de bandeirinha, na frente da congregação dava uma de santa, "Mais perto quero estar, meeu Deus de Tiiii". Vinquinho a sufocaria debaixo do lençol, depois lhe ajeitaria o travesseiro, pediria desculpa, ela o morderia, recomeçavam.

– Meu coração você bem sabe de quem é.

Fariam um filho para o Colégio Naval, a bunda discreta, sua fragata deixaria um rastro de espuma em noite apagada.

– Tanta dor de cabeça, não aguento andar.

Na saída do culto, Bolinha lhe concedeu uma palavrinha:

– Oi, belezinha.

No trem experimentara a sua bunda, demonstrara um amor dolorido, sem fim. Quando a machucasse, sob os lençóis, se abaixaria para pedir:

– Desculpa, belezinha.

Aquela semana, o herói abriu a *Seleta de língua portuguesa* para reler o "Juca Mulato": "Por isso o que vale ir fugitivo e a esmo/ Buscar a mesma dor que trazes em ti mesmo?/ Tu queres esquecer? Não fujas ao tormento.../ Só por meio da dor se alcança o esquecimento." Nos meses seguintes, achou que amava. Sentado na lateral do coro, contemplava o seu cabelo esticado, os peitos redondos, os olhinhos cerrados durante o solo dos tenores. Em casa, deitava no cimento frio. Pegava no rádio Carlos Galhardo, "Adeus, adeus, adeus/ É como no fim de uma estrada/ Próximo a uma encruzilhada/ Fim de um romance/ Adeus".

Com um ano de sofrimento decidiu se declarar. Bolinha, nervosa, um olho no regente, outro em Vinquinho, desentoou aquela manhã. Desde a parada, luta contra o sentimento, pensou o herói. Tu queres esquecer? Não fujas ao tormento. Casariam, o filho encomendado seria o primeiro almirante com glúteo, a irmã implicante, também casada, dona da drogaria Pilares, esqueceriam para sempre a desgraça do batismo. Em noite apagada se abaixaria para pedir desculpa.

Bolinha o esperou na porta do templo:

– Oi, belezinha. Tenho uma coisa pra te falar.

– Eu também tenho uma – disse ele, sem fôlego.

A irmã, de longe, farejava desgraça:

– Podia ser mãe dele.

A um passo da felicidade, se dirigiram ao canto dos Embaixadores do Reino. Havia flores brancas sobre a mesa.

– Fala você primeiro – disse ela.

– Não, fala você.

– É o seguinte. Preciso muitíssimo de você.

Um ano de amor secreto chegava ao que interessa:

– Estou aqui.

– É o seguinte. Hoje de tarde, às três horas, preciso de uma coisa. Vá ao ponto do lotação, aquele em frente à Pereira Pinto, o do campo do Atlético, veja se o Noel...

– Que Noel? – a voz de Vinquinho saiu horrível.

– Só tem um Noel, o do coro. Espero no portão lá de casa, mais umas amigas e tua irmã. Se Noel não estiver lá, você vem e me cumprimenta normalmente. Se ele estiver, você não aparece, que já sei. Pescou?

– Já sei o quê? – o coração de Vinquinho disparou.

– Já sei que ele está. Você é a belezinha da tua Bolinha, não negue este favor pra ela. Que te custa?

– Agora é minha vez de te falar – começou ele.

– Depois, depois – ela estalava os dedinhos. – Olha tua irmã. Me fala depois. Não diz nada a ninguém, pelo amor de Deus. Depois te dou uma coisa.

Saiu direto para o local assinalado. Com o sol do meio-dia o campo se esvaziara, mal se lia o placar de madeira bichada, *Atlético Futebol Clube* x *Visitante*. No ponto, uma grávida e quatro filhos, que Vinquinho conhecia da igreja. Chegavam o irmão Osvaldino e a filha.

– Depois te dou uma coisa.

Queria lá saber? Era Juca Mulato:

– Só por meio da dor se alcança o esquecimento.

O primeiro veículo que veio, tomou. Por isso o que vale ir fugitivo e a esmo buscar a mesma dor que trazes em ti mesmo? O lotação passou em Cascadura, Abolição, Engenho de Dentro, Méier, campo do Rocha, já começara o segundo time, em Triagem vomitou pela janela, na Barreira do Vasco uma senhora perguntou:

– Está fugindo de casa?

Desceu no Passeio, onde, havia muito tempo, viera tomar injeção antirrábica. Nunca mais voltaria, seu destino estava selado. A vó tinha razão, o único de meus netos com futuro, mas não nos braços da pistoleira que pensara amar. Com o Noel, quem ia adivinhar, para ele todos os amores, para Vinquinho o fingimento. A essa hora estariam longe, amanhã voltaria redonda.

– Viu o filme?

– Que filme?

– *Dorme comigo e serás mãe*.

Quando o coletivo entrou na rua Riachuelo, um gorduchinho sentou ao seu lado:

– Está sozinho? Deixa eu adivinhar o teu nome. Com essa cara tristinha... – Se encostando nele: – Já almoçou? Quer fazer um lanchinho?

Mais tarde o despachou:

– Faz a pista.

– E meu dinheiro?

– Toma aqui – lhe enfiou duas notas no bolso da calça. – Faz a pista.

Certos da sua participação na fuga de Bolinha, não lhe dirigiram por longo tempo a palavra. Entrava e saía como um leproso.

– Só tem quatorze anos – lembrava a avó.

A mãe, com pressão alta, foi socorrida na drogaria Pilares. Até por desconhecidos se sentia apontada. Uma noite bateram palmas no portão. A irmã foi atender, cá de dentro ouviram pedaços de fala:

– ... amanhã... no colégio, não, no auditório... toda a família... um prêmio...

Ainda surpresa, ela voltou à sala:

– Não é que o estrupício tirou o primeiro lugar da terceira série do ginásio? O prêmio é amanhã.

Foram acordá-lo no quartinho dos fundos, onde se guardavam manequins e a mesa de passar. Se considerava bom, mas nunca primeiro lugar. Só não foi a avó, entrevada há dois anos. Sabia a verdade, mas queria dar à família a última alegria. A mãe, cada vez mais triste, pouco escutava, do escutado pouco compreendia. Quase uma vez por semana corriam para a drogaria Pilares:

– Chamem o pastor.

– Não é o caso, mãe. Isso passa.

– Nem isso querem fazer por mim.

O problema era a irmã, que tudo sacara. Amava-o, porém, e entrou no teatro. De casamento marcado com o da drogaria Pilares, é cada vez menos honesta. O diretor velho fez a chamada dos premiados de trás para frente:

– Décimo primeiro lugar.

A mãe, de vestido estampado e coque, só ouviu o sobrenome:

– .... Oliveira dos Santos.

– Ai, que é meu filho.

Vinquinho fez jus a um cofrezinho de aço escovado. Pôs no colo da mãe:

– Vão chamar os que ficaram atrás de mim. Não interessa. A senhora precisa descansar.

A irmã sentiu voltar antiga cumplicidade. O rosto redondo, negro, límpido, belo na mentira:

– Vamos chegando, mãe. É quase hora do remédio.

O cofrinho ficava na mesa da sala:

– Prêmio de Vinquinho, primeiro lugar no Ginásio Cavalcante.

A avó balançava a cadeira. Dali só sairia para a Glória:

– Dos meus netos é o que tem futuro. No prato, deixa a carne pro fim.

Readmitido na sala, Vinquinho tremia a voz:

– Peço a Deus que a senhora não morra nunca.

– E eu? – gemia a mãe.

– Ainda é moça.

– Amém.

Certa manhã ouviu atrás da porta uma reunião de família:

– Meu filho é trapalhão como o pai – dizia a mãe com um acento que não conhecia.

– Vem piorando muito – secundou a irmã. – Sonso... dá banho em nós três... Pra seu governo, a história não é aquela... Aquele dia da Bolinha...

– O pai... – era a voz açucarada da avó – o pai desse menino te ajudou muito. Não sei por que tanta raiva.

Iam dizer o nome do pai? Casa de segredos. A irmã devia conhecê-lo, talvez os visitasse enquanto Vinquinho penava na escola, um domingo sairia do quarto com a navalha pingando sangue do pastor Walfrido.

O pai não queria vê-lo? Branco não era, pela cor dos filhos. A avó não deixava falar mal dele. Se pareciam:

– Quem sai aos seus não degenera.

Saberia a família da sacanagem com o viado? Bastavam as que aprontava na igreja. Enganara a mãe:

– É o prêmio de Vinquinho. Primeiro lugar na escola.

Na igreja de São Pedro, se ajoelhara para o presépio. Simulando conversão, atraíra sangue para o batistério de Cristo:

– Me ajude, colega.

Então era colega de marginal? Fora reconhecido, tanto se parece com o pai. O policial sabia o que se passara no batistério, contou à mãe, o mundo inteiro sabia qual o seu destino. No banheiro do viado, as falhas do aço no espelho faziam um revólver apontado, pingos de torneira amarelavam para sempre o esmalte da pia:

– Neguinho puto. Faz a pista.

Dias depois, acharam um bilhete no espelho da casinha:

FUI À VIDA, SE CONFORMEM.

Choraram. O cunhado prometeu que o encontrava. Com saudade do mingau e do banho quente, voltaria de cabeça baixa. Acudiram a vó com vinagre nas têmporas:

– Daqui só saio pra Glória.

À irmã voltou a dureza:

– Marcou o batismo sem se converter. Deu fuga a Bolinha. Sumiu um dia inteiro e veio com uma história esfarrapada. Quem ia perdoá-lo? O Senhor.

– Amém – dizia a mãe com rodelas de batata na fronte, entupida de cibalena. – Só me deu cabelo branco, esse meu filho amado.

– Mau não era – ponderou a avó. – Era esperto. Volta quando o cofrinho estiver cheio.

No terceiro ano de ausência, foi reconhecido no Bloco das Piranhas, em Madureira. Sob a franja da peruca amarela brilhava ainda o vinco da testa. Não puderam avisá-lo da morte da avó, que rumou para a Glória sentada na comadre, nem da mudança da mãe para Mato Grosso, cozinhar para Walfrido, mas, não se sabe como, Vinquinho reapareceu no culto de Natal. Tinha uma pequena cicatriz de navalha na mão esquerda, um colar de Xangô que deu pena na irmã, grávida pela segunda vez. Não era mais menino, trabalhava de auxiliar de escritório, estudava à noite no Meier, não tinha de prestar contas a ninguém. Abraçou a antiga fã de *Grande Hotel*:

– Quero te confessar uma coisa.

– Pode falar – disse ela, temendo desgraça.

– Esperei que vocês fossem me procurar. Como a ovelha perdida. Era tudo o que eu queria.

– Mamãe e vovó eram duas mulheres fracas. Eu, uma gata morta pelo rabo. Procurar como? Meu marido é que foi, nunca te achou.

– Porque não quis. Eu estava perto.

– Então, a culpa foi sua. Nunca nos procurou.

– E meu pai, apareceu?

Adulto, esperava que a irmã lhe contasse, enfim, a verdade.

– Não apareceu, nem aparecerá. Esquece, Vinquinho.

Irmão Avelino ria com todos os dentes. Lhe deu de presente a própria Bíblia. Bolinha apresentou o filho:

– O nome ia ser o teu. Para atender a meu pai é que chamei de Jônatas.

– E Noel?

– Ih, belezinha, vai saber. Se lembra do dia da parada?

Reviu o batistério, o canto dos Embaixadores do Reino. Louise e Edward estavam em Iquitos, no Peru, "Os índios lá no Norte estão pensando em nós aqui/ Eles desejam salvação e pedem, sim, ó vem,/ Ó vem, vem nos falar de Jesus".

– Só me deu cabelo branco – reclamava a mãe, com batatas nas frontes.

Um dia fora Juca Mulato:

– Tu queres esquecer? Não fujas ao tormento.

Por que se escondera na vizinhança da família e da igreja só compreendeu mais tarde, não naquele tempo. O mais perto que chegara da antiga casa fora nos campos do Atlético e do Esperança. Depois daquele Natal, porém, sumiu de novo. Aos domingos, para sempre o dia do Senhor, se sentia em pecado onde estivesse. No trem, um ano depois, reencontrou o cunhado.

– Sua mãe escreveu. Eu e sua irmã tivemos mais um menino, se chama Camilo. Você saiu de casa porque quis.

o morro

No dia já muito distante em que a percorreu a procissão de malucos, aquela picada tinha apenas uma olaria e terminava numa tapera de onde vinha um cheiro ruim creditado a um casal que se dizia de índios e se alimentava de urubus, *Cathartes foeten,* de forma que a procissão teve de resolver, após redemoinhar à sua frente, se voltava ou subia o morro. Deu na veneta de uns derrubar a tapera, como se fosse um obstáculo, o que sensatamente não era, e subir. Ventava bastante e, muitos anos depois, quando já ninguém seria capaz de indicar a sua posição exata e fosse praticamente impossível capturar um urubu, independentemente da intenção, mal começava a ventar forte, o que acontecia sempre entre junho e agosto, diziam, *Hoje é dia de maluco.*

Quase no topo, dominado por um pedregulho musguento, cuja face ocidental mergulhava no abismo, uma velha, conhecida pelos mais antigos como Tita, ou Tite, lhes deu de comer, embora não fosse muito, um panelão de arroz e feijão coberto por um bolor cinzento. Três malucos morreram de intoxicação. Nada disso tem validade, salvo como mito de fundação, mas é fato que coube àquela ermitã a primazia de designar como procissão o cortejo de cabeças peladas e macacões azuis que, inexplicavelmente, tinha resolvido andar em passo militar, como companhia e não grupo de pessoas sem juízo. Os dois times de inaudita rivalidade que o morro do Urubu veio a ter, bem mais tarde, se chamavam, por isso, Ypiranga, com um desenho de índio na camisa, e Tita Procissão, incompreensível para os de fora.

Por muito tempo houve ali apenas duas mulheres, as referidas Tita, ou Tite, e a mulher do índio, sem nome. Como deram conta do recado é mistério, Tita, ou Tite, quando chegaram os malucos teria por volta de setenta anos, fortalecendo a hipótese de que fosse também índia, sabido pelos tupinólogos que mulheres dessa etnia, especialmente as tupinambás, de que descende boa parte dos cariocas, até mais do que se pensa, quanto mais velhas mais acesas, talvez por lhes ser adjudicada a dura função estrutural de tornar homens os homenzinhos da tribo. Um dia veio, aos malucos, a ideia, natural por assim dizer, de raptar mulheres de outros. Num Primeiro de Maio, em que se realizavam festivais de futebol por toda a cidade, convidaram o Portelinha, de Osvaldo Cruz, o Auriverde, de Inhaúma, o Barros Filho, do bairro homônimo, para um churrasco com suas mulheres. Mataram uma parte dos homens e ficaram com elas, havendo as que consentiram em viver com os malucos locais pelos seus belos olhos. Muitos anos mais tarde, para se insinuar que um marido era traído bastava usar a fórmula *Está comendo churrasco de urubu*, bem como para as mortes suspeitas a variante *Comeu churrasco de urubu*. O episódio do rapto, no entanto, embora se possa aceitar como etnografia, exemplo, entre muitos, o das Sabinas e o das Apon-jai, referido por Camões na célebre écloga que se julgava perdida, é um anacronismo: lá por 1880, ao começar a ocupação humana do Urubu, nenhum time de futebol fora fundado em qualquer freguesia suburbana do Rio de Janeiro.

A esse protopovoamento se seguiram outros, menos nebulosos. Chegaram grupos de libertos e de perseguidos das revoltas da Vacina Obrigatória e da Chibata, parentes de refugiados fugidos do levante comunista de 1935, dentre eles um certo Molina, espanhol, que explodiu a patrulha de polícias especiais, especiais já se sabe em quê, que o foram buscar no alto do morro numa manhã de abril. No lugar da explosão havia agora um poço barrento e perigoso em que, mesmo nos piores calores de janeiro, garotos temerários se refrescavam.

A tradição subversiva do Urubu culminaria, no final dos anos sessenta, com a fuga do Capitão Carlos Lamarca, lá escondido e de cara renovada por plástica perfeita. O barraco estava cercado pela repressão quando, desavisado, ele apontou cá embaixo no açougue do português, esquina da avenida João Ribeiro. Uma velhinha entronchada desceu para preveni-lo, "Capitão, capitão, fuja que eles estão na campana". Para o morro fora, mais uma vez, Tita, ou Tite, agora com cento e sessenta anos. No dia seguinte, ergueram um cruzeiro para orações ao lado do barraco e Tita, ou Tite, subiu um grau, se ainda era possível, no sacrário do Urubu.

Para a construção da Linha Auxiliar vieram peões não se sabe de onde. Alguns, nômades desde meninos, não usavam garfo e faca, cagavam no mato e às sextas-feiras batiam ponto no morro da Light. Outros, vindos com família enorme do noroeste fluminense e Além-Paraíba conservavam um modo de tribo ou clã, de fora não se sabia quem era casal, de quem os filhos, parecendo ocas os dormitórios retangulares de madeira apoiados em paralelepípedos. De dia ficavam por ali, enquanto pais e irmãos encaixavam trilhos. Concluído o trecho médio da linha, Triagem a Magno, os nômades seguiram no seu destino de raposos tavares, um dia se reencontrariam em Hermenegildo de Barros, em Lauro de Freitas, em Godofredo Bulhões, em Presidente Bernardes, nomes que nada lhes diriam, com mato de sobra para cagar e mulheres de putaria. Quanto aos gregários, inimagináveis sem mães, avós, filhos, sobrinhos, afilhados, sobrinhos-netos, enteados, avós-tortas, cativos do Rio de Janeiro, de que só conheciam o peso dos dormentes e o cheiro de piche, ocuparam o Urubu. Brigar com um era brigar com todos.

Dentre os técnicos e engenheiros de fora, dois ficaram na memória local, Hans Geschke, doutor Guesquinho, a quem os peões se referiam como "o cão chupando manga", e outro, bom, Kurt von Klemn, cara de anjo, cheiro de sovaco e charuto impregnando qualquer lugar em que estivesse. Klemm se apaixonou por Jurema, secretária do engenheiro-chefe, mas, como esta perdia o fôlego se um homem a tocasse, lhe apresentou a irmã gêmea, Jandira, com quem o alemão se casou. Jurema viajou com eles para a lua de mel em Cambuquira, ganhou um quarto colado ao do casal e para tudo era como se o alemão casasse com duas, dava presentes em duplicata, para servir água à mesa exigia no almoço, Jandira, no jantar, Jurema. Quando lhes nasceu a única filha, a mãe quis botar o nome de Quitéria, o pai, de Rosa Germana. Jurema choramingou, alisando o próprio ventre infecundo:

– Se eu fosse a mãe poria Merienne. Olha que bonito: Merienne Pereira von Klemn.

Os Klemn tinham uma casa na avenida do lado oeste do morro.

A primeira quimbandeira do Urubu, por todos reconhecida, foi a Gaúcha. De sua tapera que se transformou, com o tempo, em mansarda de tijolo e amianto, dando para o abismo, saía todo o tempo fumaça azulada. Mantinha escravinhos e escravinhas que lhe faziam o serviço, ir e voltar ao posto da Cofap, em Pilares, num pé só, o que era literal pelo menos para dois deles, lavar, cozinhar, passar, descarregar o penico. Um paraense recém-chegado, morto cagando bichas, o que deu origem à esquisita expressão local para designar os doentes desenganados, *Entregou a gaúcha,* a denunciou à polícia que, contudo, nada encontrou. Quando o garoto a avisou que uma radiopatrulha estacionara na subida do morro, ela miniaturizou seus escravinhos e escravinhas, escondendo-os numa bolsa de feira. Crescidas, eram as escravinhas oferecidas para todo o serviço como mineiras do interior, no Méier, Tijuca, Grajaú, Andaraí e cercanias, eficazes, limpas, honestas, sem que jamais se desconfiasse serem mortas-vivas, mesmo Nelson Rodrigues, servido, em menino, na Aldeia Campista, por uma delas, e Joaquim Ribeiro, no Rio Comprido, que reconhecia dever à sua muitas das informações sobre o folclore do Altiplano, talvez por ter a Gaúcha o cuidado de manter em algumas desejos próprios. Outra razão de as famílias remediadas da região preferirem as mineiras da Gaúcha é que saíam barato, metade do salário *cash*, paga diretamente à quimbandeira, outra em fantasia para sair na Portela, cujas modalidades, se variantes, as próprias mineiras estavam autorizadas a negociar. Quanto aos meninos, muita gente chupou bala em trem sem saber que as comprava, listradas, de puxa, pingos de mel, de hortelã e mesmo as de marca, Rute, Marialva etc., de mortinhos-vivos, no entanto era só observar o tom de suas vozezinhas mecânicas, *Baleiro bala baleiro bala*. Terminado o dia, se não voltassem para a casa da Gaúcha, em que os esperavam mais tarefas, era por estarem autorizados a dormir no cemitério mais próximo onde os próprios artesanavam referidos confeitos, sob intensa balbúrdia, brincadeiras de erês e histórias de assombração.

Sendo a crosta terrestre como queijo suíço, perfurada por caminhos jesuíticos, incaicos, ou fenícios, renomados facínoras, mesmo em cana, vinham se benzer com a Gaúcha. Por aqueles buracos de vermes, mantendo a analogia, ou em balões que se viam pousar na Pedra da Tita, ou Tite, lá estiveram em mais de uma oportunidade Zé da Ilha, Febrônio, Angelo Maluco, Sete Dedos e Mineirinho. Herivelto Martins veio se rezar quando corneado; o trabalho de Arubinha, que deixou o Vasco sem campeonato por dez anos, partiu do Urubu, e Paulo da Portela, cuja ligação com a Gaúcha é notória, no mês do Carnaval despachava para o Barão Samedi no alto do morro. Mesmo os evangélicos reconheciam na Gaúcha um mérito civil: conseguiu com Getúlio a primeira iluminação que conheceu o morro, farpas finas de bambu com sementes de mamona na ponta, jungidas por cipó umas às outras. Acendendo a primeira, todas as farpas lentamente se consumiam.

Mariângela, que chamavam de Naninha, sonhava cantar na Rádio Nacional. Na frente do barraco imitava estrelas da canção, Ângela Maria, Nora Ney, Lenita Bruno. Os vizinhos não lhe reconheciam o esforço:

– Vai trabalhar, crioula feia.

Na birosca, os comentários melhoravam:

– Falta de uma boa piroca.

No programa Ari Barroso, sem prática de acompanhamento, fracassou. O do pandeiro, que a conhecia da Portela, a convidou para um bar com música ao lado do Campo do Madureira:

– A Dóris Monteiro e a Elizete começaram pela noite. Batata.

Envolta em fumaça, só tinha uma exigência:

– Só não me anuncie como sambista. Sou intérprete.

Cantava muito, de fato, mas só para entendedor. A clientela, que fazia hora antes e depois da putaria no morro da Light, não precisava de intérpretes, mas de cantoras bundudas apertadas em lamê.

Quando soube que o colega embolsava a metade dos cachês, se aborreceu:

– Pensa que sou mais uma Araci de Almeida?

– E você, pensa que sou o irmão Zarur? Vai furando.

De volta aos programas de calouros se tornou imbatível. Dava o tom, avançava o queixo redondo, "Ô de conversa em conversa/ Você está querendo é nos separar".

– Precisa de uma boa piroca.

Tinha dificuldade com tudo e com todos. Só comia em casa, só dormia no chão, fosse em hotel ou em apartamento de amante ou amiga.

– Não me anuncie como sambista. Sou intérprete.

Antes do Sapo, se amasiou com um certo Jota Aesse, chefe de segurança do palácio do Catete, perigoso. Encomendaram ao sujeito a eliminação de Carlos Lacerda, fracassou, chegaram a ele. Naninha saía do Capela para dormir, ele apareceu:

– Não conhecem você. Ou me esconde ou estou frito.

Por segurança, pegaram táxis separados até Pilares, de lá a pé até o Urubu. Vendo-a chegar aquela hora, a avó pressentiu desgraça:

– Quem é do chão não se trepa. Um dia se fode.

Deitados na esteira, Naninha quis saber a história de Jota Aesse.

– Não ouve rádio? O Getúlio está enrolado e põem a culpa no papai. No dia em que atiraram no Lacerda eu estava em São Paulo. Se algum dia lhe perguntarem, você confirma.

– A troco de que vão me perguntar alguma porra? Sou apenas uma intérprete.

– Esquece. Vou me picar amanhã.

Dia seguinte, antes de descerem o morro, levou Jota Aesse à Gaúcha. Baixaram exus, o pistoleiro ganhou passes e um charuto:

– Onde você estiver, fio, tira três fumadas, joga prum lado, pro outro e depois pra frente. Depois bota no bolso.

Deixou Jota Aesse na Central, o amante continuaria a fuga para a casa de uma amiga em Muriqui. Ao pisar na calçada da Rádio Nacional lhe deram uma gravata:

– Cadê ele, crioula filha da puta?

Um investigador a reconheceu, era da noite:

– Vai cantar na palmatória. – E fazendo graça para os colegas: – Não comi porque não achei meu pau no lixo.

Ponta-direita do Ypiranga, atrasava os ataques com dribles enjoados, chegava à linha de fundo. A torcida pedia que fizesse o gol, passasse pro *center-for*, qualquer coisa, ele driblava pra trás.

– Cruza, Sapo.

Ganhara o apelido ao inventar um drible em que saltava sobre a bola.

O treinador perdia a paciência:

– No próximo jogo está barrado. Não jogou pro conjunto.

Se, ao contrário, jogava com objetividade corria risco:

– Uma das funções do ponta é prender a bola. Futebol é conjunto.

Sentado na beira do campo, Castru, o treinador, tirava e botava um boné que fora do Moço Preto:

– Me ensinou tudo do esporte. Se fosse simpático, treinava o escrete nacional.

Sábado, pregava a escalação no poste em frente ao açougue, "Salvo modificações de última hora", seguida da recomendação "Os atletas devem comparecer ao local da partida uma hora antes com todo o material completo".

Se perguntassem a qualquer morador da Linha Auxiliar qual o melhor jogador da região, poucos saberiam lhe dizer o nome, era apenas Mestre Ziza ou Zizinho. Mulatinho de pouco mais de metro e meio, pálpebra esquerda caída sobre o olho de china, seria escalado em qualquer equipe, mas, caprichoso, só se exibia no segundo time do Ypiranga. Aposentado federal por tuberculose, ninguém jamais o vira trabalhar. Descia do morro aos domingos e, uma vez por mês, ia ao Instituto retirar a pensão. Voltava com um pacote de manteiga e uma caixa de goiabada no sovaco. Na frente dos irmãos e da mãe molhava o garfo com cuspe, o espetava por igual na goiabada:

– Quer morrer tuberculoso é só cair dentro.

Tinha estoque ilimitado de lesas, chapéu, ovo, lençol, boca, debaixo da perna, olé, nó, come de letra, pano, paninho, puxeta, drible de costela. Tenteava na cabeça de uma área a outra, penteava, se quisesse, passe de curva, rosca, trivela, redolero, chute de peito de pé com bola no chão, chilena, taquinho, charles, zigue-zague por entre a defesa inimiga, trancelim, o diabo, mas sempre no segundo time. Gostava de jogar às duas da tarde, sob sol máximo.

– Dribla mais que o verdadeiro Zizinho. Se invocar, ganha qualquer jogo.

Outro era o estilo sem requinte de Antônio, que o morro inteiro chamava Crioulo Biguá. Forte e ágil, jogando na meia, esticava bolas para Sapo:

– Cruza, porra. Esse viado pensa que é o Lelé.

Castru podia promover e abandonar um craque de um domingo para o outro, gerando ciúmes violentos. Sobre a escalação mantinha espada de Dâmocles:

– Salvo modificações de última hora.

– Viadagem – diziam. – Joga quem come aquele cu preto.

Antes de morar com Mariângela, Sapo teve uma cama no barraco do treinador. Moravam com ele, naquele tempo, dois garotos. Além do café com manteiga de manhã, Castru dava uma comida por dia. Para a outra, se viravam. Não lhes pedia conta de nada, sabia lidar com cada um. Sapo, o único que viera do asfalto, estudava, arranjou trabalho de auxiliar de escritório na cidade. Se conheciam do Ginásio Cavalcante, onde Castru era inspetor de disciplina. Sapo, cujo verdadeiro nome saberemos, fugira de casa com uma dúzia de livros que guardou em caixote sob a cama. Falavam de romances, Castru tinha suas leituras, seus cadernos de poesias e pensamentos. Pelas costas, Crioulo Biguá fazia pouco:

– Viadagem.

Sábado, muito cedo, o dono do barraco acordava o Sapo com uma palmada forte na bunda:

– Feira.

Pegavam os feirantes ainda desembarcando caminhões. Corriam as barracas duas vezes, só da segunda compravam. Na primeira, rodando nas mãos o boné que fora de Gentil Cardoso, o treinador propunha questões aos homens de camiseta fedorenta:

– Pobre morre de alegre. Como o amigo entende isso?

A maioria não respondia, seguravam pregos na boca, se abaixavam para abrir caixotes de legumes:

– Lá vem o maluco.

Outros respondiam sérios, sabendo que o auxiliar do Moço Preto pegava a última resposta de um, virava em pergunta ao seguinte:

– Quem goza mais, homem ou mulher? Se aquele caixote de maxixe voasse de repente, sem ninguém esperar, na nossa direção, que explicação o amigo daria?

Ajudando a descarregar, apresentava enigmas. Sempre delicado:

– Os antigos contavam que Exu acertou ontem uma pedra que só hoje atirou. O amigo me explica isso?

Sapo estranhava. Onde estava o técnico mandão, inventor de sentenças?

– Futebol é conjunto. Domingo, está barrado.

Nunca chegou a entender aquele sujeito. Juntando o salário de inspetor e o aluguel de algumas casas, podia morar no asfalto, modesto apartamento no Méier, chalé em Maria das Graças. Se entocava no morro. Sem instrução superior, substituía professores no colégio em que trabalhava, metia dentes no inglês e no francês. Capaz de apreciar galinha cabidela, leitão à pururuca, língua com purê, laranja cristalizada, sabendo como seu mestre, Gentil Cardoso, preparar jantares, escolher vinho, se fosse o caso, vivia para ali, sem exigências. Podendo constituir família, filhos decentes, filhas bem encaminhadas, causar inveja aos vizinhos, fazer amizades no nível superior ao seu, preferira o celibato, a solidão, oferecendo beliches a garotos desabrigados. Diziam ter tido mulher fixa no tempo do Vasco, uma filha e talvez um menino, que nunca via. Discutia políticas sem ânimo, defendia a Rússia sem convicção, Getúlio com sinceridade, mas sua paixão quase exclusiva era o futebol. Percorria a feira com perguntas de filósofo:

– Pobre morre de alegre. Como o amigo entende esse ditado?

o desaparecido

– Já embarcou suas malas? Pois desembarque.

Muito antes de se consagrar, o Moço Preto, introdutor de métodos científicos na preparação física e tática de jogadores, encaminhou centenas deles a times do Rio de Janeiro e de Pernambuco, sua terra. Foi o caso de Marujinho (Castoriano, ou Castru), filho de um camarada de viagens pela Europa com quem fizera um pacto após um episódio nunca explicado, no porto do Havre. Marujinho não era excepcional na relação com a bola, não a amava de fato, como Zizinho, o tuberculoso do Urubu. Tinha inteligência do jogo, visão incomum do espaço do campo, nada mais, jogava com certo enfado, ou preguiça. Encaminhado pelo Moço Preto ao Botafogo, chegou ao primeiro time, sem brilho mas respeitado pela orientação aos colegas dentro das quatro linhas, contrariando às vezes as ordens do treinador, que se esgoelava na boca do túnel. Na hora das entrevistas era com ele:

– Como foi que você deu pra jogador, Marujinho?

– Não dei pra ninguém. Vai se foder.

Se perguntavam a sério, contava a infância acompanhando a mãe em casas de família, no Recife. Numa delas havia livros, a mãe ocupada no serviço, ele na leitura. Com pouca idade, lera obras que gente grande não aguentava, Oscar Wilde, sra. Leandro Dupré, Paulo Setúbal. A mãe tinha orgulho e medo:

– Castoriano vai ficar maluco ou viado.

Quando ela morreu, de tétano, a patroa, que o apresentava às visitas como raridade, "Se meus filhos lessem como esse neguinho", tentou convencê-lo de que era parte da família, ficasse para os recados às amigas, limpar gaiolas, atender telefone. Se tornando maior lhe pagaria um curso de chofer, lhe garantia o futuro. Voltando de viagem ao Rio, tinha uma surpresa para ele, o levou pela mão até o quarto. Sobre a cama uma fardinha cáqui, botões dourados, chapéu de pala. Saiu pela janela, nunca mais passou na calçada do palacete em que fora benquisto.

O Botafogo jogou em São Paulo um quadrangular tão importante que o presidente do clube em pessoa chefiou a delegação. Na plataforma, bagagens embarcadas, os *players* viciados já abrindo o baralho sobre as pequenas mesas do vagão reservado, veio a proibição de embarcar Biriba, o cão mascote. O cartola destratou os agentes, ameaçou telefonar ao presidente da República. Cão não viaja de trem, nem que acompanhe o Leônidas. Se chegou a um acordo, Biriba embarcava numa caixa especial, desde que o Botafogo pagasse mais uma passagem e uma taxa especial, sem falar na propina que o vice-presidente já tinha negociado atrás do varejo. O dirigente pensou em diminuir de alguma forma o prejuízo certo. Olhou em volta, deu com Marujinho:

– Já embarcou suas malas? Pois desembarque.

A princípio não entenderam. Depois, os colegas lhe devolveram pela janela a mala e o agasalho.

O Moço Preto vira tudo na sua vida de desadaptado:

– Barrado por um cachorro. Faça-me o favor.

Quando assumiu o Vasco, convidou para assistente o craque humilhado, interessado em sua capacidade de ver e cantar o jogo. Marujinho mudou de apelido, passou a Castru, de Castoriano, homenagem de seu pai a um pensador latino, na verdade um gráfico de Itamaracá que completava o orçamento doméstico com horóscopos e pensamentos universais no *Diário de Pernambuco*.

Castoriano se dizia comunista, mas não passava de simpatizante. Seu pai, recrutado ainda como catador de caranguejo em Olinda, sim. Militava nas docas quando do levante de 1935. Embarcou num cargueiro do Loyd com documentos falsos e escapou. Fazia quase tudo num navio, mas o tinham como telegrafista. A mulher e os filhos, com sorte, o viam uma vez por ano, mas não deixava de enviar seu cartão-postal, seu retrato em gorro de pele de foca, da Islândia, sacudindo maracas em Santiago de Cuba. De tempos em tempos, um desconhecido batia no portão da família:

– Sou um portador do Marujo.

Era um quebra-cabeça de montar, com tantas peças que no dia seguinte estava desfalcado, ia se achar uma numa lata de biscoito, ou no buraco de adubo que a mãe fazia para os mamoeiros, no fundo do quintal. De mais caro, nos seis ou sete anos que viajou pelo mundo, chegaram um rádio para a mãe, patins com a recomendação que fosse para todos, e, só para Castoriano, uma *História do socialismo*, em russo, com cromos coloridos dos irmãos Graco, Tomaz Munzer, que infernizara a vida de Lutero, Babeuf, Lênin e Luís Carlos Prestes.

– Você lá sabe ler russo, Marujinho? – zombavam.

Naquele tempo, o apelido o orgulhava. Sairia um dia pelo mundo, enviando patins e livros em língua difícil, posando na ponte sobre o rio Elba, comendo arenque com batatas numa pensão de Reikijavik. A patroa da mãe, usineira metida a carioca, tentou vesti-lo como o moleque da cera Parquetina. Para ela reservaria o primeiro decreto soviético do Recife: se reeducar lavando as privadas do Mercado de São Pedro.

– Cumprimos ordens do Marujinho.

Em 1941, com a guerra, o velho Marujo voltou. Trazia dois filhos pequenos, cuja mãe morrera, ajoelhou e pediu à mãe de Castru, legítima esposa, que os criasse. A falecida era judia de Hamburgo, Marujo a embarcara clandestina mais os filhos, mas isso só se saberia mais tarde. No porto do Recife, a polícia fora a bordo, ameaçou repatriá-la, Marujo jurou que não a conhecia. Envergonhado de si mesmo, voltara atrás:

– É minha mulher, sim. Os filhos são meus.

A moça pediu pra ir ao banheiro, pulou pela escotilha. Era boa nadadora, nunca foi achada. Ao contar a história, o Moço Preto enfeitava. O final da coitada de Hamburgo era adaptado de uma novela de Dickens:

– A roda do destino fê-la heroica às portas do Recife.

Ao Moço Preto, de fato, nunca precisaram ensinar duas vezes a mesma coisa. Começou a estudar medicina, antes de se tornar embarcadiço, o bastante para cagar regra sobre fisiologia até morrer. Seu estado normal era o fingimento sincero, sempre acima da realidade. Daria excelente mestre de cabocolinho, dirigindo índios de mentira no Carnaval de Boa Viagem. Tinha, porém, sentido prático. Certa vez em que uma greve nas docas de Milão prendeu o navio por quatro meses, fez um curso de medicina esportiva na sede do Milan Football Club. Os colegas gastaram o tempo na putaria, ele memorizava os manuais do dr. Moro Bianchi. Barrado por ser preto no Náutico, quando jovem, não se avexou, virou olheiro nos rachas de praia, nas canchas de usina, revelando craques, embolsando comissões. Desenvolveu a arte de aparentar mais do que sabia:

– A roda do destino fê-la heroica às portas do Recife.

Chegado a hipérboles, regulava à perfeição a mentira conveniente:

– Não fui médico porque não quis. Nessa terra de latifundiários seria dar murro em ponta de faca. Preferi me formar em medicina esportiva no Velho Mundo.

Um domingo, o Moço Preto chamou o velho Marujo de lado:

– Compadre, se quiser faço do teu filho um craque. Antes de receber a bola já sabe o que fazer com ela.

Levou Marujinho pro juvenil do Sport. Na inscrição, lhe abaixou a idade de 20 para 17. Repisava diariamente os fundamentos, cobrar lateral, córner, cabecear de olhos abertos, aquecer ao menos cinco minutos antes de entrar:

– Teu negócio não é o drible. Teu espírito é de organizador. Apolínio. Segue o Fausto do Flamengo.

– Nunca vi o Fausto.

– Nem eu. Vê se me entende.

Quando treinou o Botafogo, mandou buscá-lo no Recife. Parecia ter uma dívida com o pai do garoto.

Marujinho só via um defeito no seu descobridor:

– O senhor mostra o que sabe. O melhor para a nossa cor é se fingir de morto.

A concentração do Vasco ficava sob a arquibancada do estádio. De sociedade com um diretor, Marujinho-Castru, que encerrara a carreira com três anos no clube, dava pensão ao juvenil e aspirante, mas eles preferiam comer no botequim de um português em frente, bebendo cachaça.

– *Cherchez la femme* – sentenciou Gentil. – Quem é?

– A mulher do português. Anita ou Aurora, qualquer coisa assim.

O técnico apareceu de surpresa:

– Os senhores estão no Vasco da Gama pra jogar ou pra beber?

Ao português disse, como de hábito, uma frase incomum:

– Tem mouro na costa.

Deu, naquele ano, o título ao Vasco. Nos ombros da torcida, lhe puseram um microfone na boca:

– Quem está com as massas está com Deus.

Marujinho-Castru se amigara com a ajudante de cozinha, Edileusa, que já trouxera do Norte uma filha de seus quatro anos. Ele tinha também uma herdeira, já com oito anos, mas, vivendo às turras com a mãe dela, a cortou da sua vida. Até o quinto mês Edileusa lhe escondeu que engravidara, Castru reagiu mal:

– Quem pariu Mateus que embale. Não vou casar.

Edileusa sumiu. Com poucos dias, o peso da culpa caiu sobre Castru. Procurou-a nos lugares conhecidos, num frevo de pernambucanos da rua Riachuelo, na casa de um irmão que trouxera do Norte. Foi bater em Barros Filho, descampado sem fim, dois ou três campos de futebol, uma venda, um açougue, uma carvoaria, uma igrejinha e um culto de crentes. A indicação era vaga, a mulher teria se amigado com Ismael, foguista aposentado, asmático que não largava a bombinha e assumira o seu filho. Chegou no dia em que o enterro de Ismael cruzava a linha, o comércio fechara, não pôde na sua decepção tomar uma limonada, um capilé. Barros Filho jamais chegará a nada, amaldiçoou. Sentou para esperar na porta da casa espaçosa, no alto de um morrete. Dois meninos chutavam uma bola, um terceiro aprendia a andar, nariz escorrendo, uma fralda o puxava pra baixo. Castru fez uma embaixada, o maiorzinho arregalou os olhos. Com pouco, na casa ao lado, uma senhora ameaçou os garotos com um chinelo, se não entrassem. Castru nunca vira um cemitério tão longe. Ao anoitecer bateu na porta da mulher que ameaçara os garotos, saiu um aleijado corpulento para lhe dizer que os parentes de Ismael não voltariam. O terreno, a casa e o poço lhe pertenciam. Castru perguntou pelas crianças.

– Amigo, quem pergunta já morreu, quem manda aqui sou eu.

A morrinha de suas pernas de elefante enjoou Castru. Virou as costas. Ia perto da estação, ouviu um sino, lembrou uma valsa que o pai tirava ao violão, espichando as notas roxas, “Cai a ta-ar-de, formosa e sere-e-na, em macii-i-o e suave lango-oor”. Um padre muito jovem, alemão ou italiano, o recebeu na porta da igreja, lhe explicou que, de fato, a família de Ismael acabara. A mulher, que podia ser neta do marido, pouco antes de morrer fora convertida pelos crentes, ela e a mãe. Sim, tinham um menino, o gordo da cadeira de rodas ficara com tudo. Não tiveram a consideração de lhe dizer para onde iam, se esperasse a missa perguntaria aos vizinhos:

– Me diga uma coisa. Já lhe falaram que o senhor é a cara do Marujinho, do Botafogo?

Concluída a missa, a que Castru assistiu no último banco, pronto pra escapulir, o padre não aguentou:

– Não sabem quem está aqui conosco hoje. Marujinho, centro-médio do Botafogo e do Vasco. Seu único pecado é que nunca atuou no nosso querido Flamengo. É o primeiro marido da Edileusa, nossa paroquiana, que foi enterrar o marido e sumiu com o filho.

Enquanto os olhares buscavam Castru, no fundo da igreja, o padre recitou:

– Osvaldo, Rubinho, Gérson e Nilton Santos. Ávila e Juvenal. Geninho, Marujinho, Pinto, Otávio e Braguinha. Um escrete, um escrete. Vamos sair daqui com o compromisso, perante a Mãe de Deus, de achar Edileusa mais o filho do nosso craque. Um escrete.

Uma beata se afastou instintivamente do jogador. Um magricela, que tossia e escarrava num lenço imundo, jurou que não apareceria jamais um craque como Heleno. O padre o levou à estação, desfilando escalação até do Canto do Rio. Não acreditava que o outro abandonara as canchas. No varejo, pediu cerveja. Apontou um campo do outro lado da linha, pasto de vacas. Aos domingos, depois da missa, jogavam ali uma pelada de camisa e chuteira:

– Se nos doar a honra da sua presença, já lhe doarei o endereço do seu filho. Não tenha dúvida. – Não acertava o verbo, a concordância, usava gíria com graça feminina, cuspia a cara do interlocutor: – Pelada de responsabilidade.

Quando chegou o trem, pegou Marujinho pelo braço:

– Faz promessa Nossa Senhora encontrar garoto.

Castru ia dizer que não era disso, o padre se antecipou:

– Não adianta nada, porra. Mas ajuda o senhor. Foi o maior ataque do Brasil, Geninho, Marujinho, Pinto, Otávio e Braguinha.

No trem, um baleiro que o vira com o padre, contou que o chamavam de Padre Diabólico, invadia fintando a área inimiga.

– Faz promessa Nossa Senhora.

Domingo seguinte, jogou vinte minutos no time do padre. Sem saber que não precisava revelar a promessa feita, contou:

– Não chamarei minha filha de filha enquanto não achar meu filho.

Na meia-água por trás da igreja, chegavam à quinta cerveja, apareceu o aleijado que recebera Castru na tarde do enterro. Falava para o padre, ignorava-o, acintoso:

– Só tenho uma palavra. Levei o menino na rodoviária. Voltaram pro Norte.

– Norte? Que Norte? – Castru queria lhe dar uma porrada.

– Não sabe geografia? Pernambuco, Paraíba, Ceará.

– Isso nunca foi Norte, amigo.

O sujeito girou a cadeira e saiu.

– Diz mentira – falou o padre. – Deve ter o endereço. Amanhã, no mais tardar, dou um aperto nele, levo na sua casa.

Dias depois, Marujinho-Castru se preparava para voltar a Barros Filho quando o padre apareceu no alto do Urubu. Depois de lhe encher a cara de perdigotos:

– Notícia péssima. Morreu. Não, seu filho, não. O paralítico. Explorava crianças como mendigas no trem. Comida envenenada. Quando descobrimos o corpo, o fedor chegava na estação.

Edileusa abandonara seu filho na mão de um verme. Não fazia ideia de como recomeçar a procura:

– Filha da puta.

O aleijado fizera seu papel. Desnaturada era a mãe. No Recife, a judia que seu pai trouxera da guerra preferiu pular do navio a ficar sem as crianças. Encontrando Edileusa, a obrigaria a ingerir chumbinho. Ratazana. Índia preta, fulniô, nunca prestou. Quando a encontrasse, tomaria o menino a porrada. Andaria agora nos trens, nariz escorrendo, perninhas de fora, calça amarrada com barbante. De noite, sem janta, chutaria bola de meia na rua.

– Filha da puta.

Procurou a Gaúcha. Ganhou uma garrafa de líquido amarelo:

– Esfrega isso aqui, fio, como tou te fazendo. E, quando puder, me faz um ebó de quatro patas. Ele aparece.

Se amava assim o futebol, por que o italiano era padre? Sabia de cor a escalação do Canto do Rio, Geroba, Alfredo e Cristal. Tomava banho de bica depois da pelada. Quando aparecia uma paroquiana de barriga, as beatas protegiam o *center-for* que invadia a área driblando:

– Filhos da puta. Os dois.

Na subida do Urubu, entre o morro e o asfalto, onde fora a tapera do índio, moravam Doralda e Tomazinho, seu cafetão. Pelo menos uma vez por semana os vizinhos não dormiam com as surras na mulher e, depois, até de manhã, com seus gemidos de teatro, finalizando num choro manso. Nas vezes em que chamaram a radiopatrulha, Tomazinho entrava com os colegas para beber na cozinha, se despediam no portão. Coordenador de disciplina na escola XV, do SAM, o consideravam da casa. O casal não tinha vida no morro. Ruim de bola, Tomazinho torcia pelo Tita Procissão, sua diversão no campo consistia em provocar o goleiro visitante, atrás do gol. Se queriam quebrar o adversário no pau aparecia esfregando as mãos. Doralda não trabalhava no morro, saía todo fim de tarde. De madrugada, os vizinhos acordariam com lapadas de surra.

Tomazinho achou o filho de Castru.

Sem explicar como soubera do drama, parou o ex-jogador na rua:

– A mãe é de Pernambuco. Edeuza, ou Edileuza, por aí. Só entrego ao senhor. O bicho é brabo.

Na escola XV, passam por salas de aula com janelas de grade. No segundo andar, uma cela enorme, fedorenta, guardava uma dúzia de garotos.

– Temos visita – Tomazinho mostra a cara na porta.

Em posição de sentido, fazem um silêncio pavoroso.

– Podem sentar. Este aqui é o famoso Marujinho, do Botafogo e do Vasco.

Olham o visitante com admiração. Um garoto passa o braço sobre os ombros do outro.

– Veio buscar o filho. Diamba, arrume suas coisas. É seu pai.

Diamba, que além do calção não tem nada, sai atrás. Castru não assina um papel sequer.

– Pode levar – fala Tomazinho, com um tapa amistoso nas costas do garoto. – Não tem nem documento. Pode levar. Bicho brabo.

Cheirava a impostura, mas o menino parecia com a mãe, índio preto, olhos de china da avó. Num armarinho de Quintino, lhe comprou uma calça de brim, camisa, sapato. As pernas de Diamba tinham marcas de cigarro. Gemeria de madrugada, como a mulher de Tomazinho. Enquanto experimentava as calças, Castru o observou de banda. Índio preto, fulniô, nunca prestou. O garoto parecia mudo. A história conferia, largado de pai e mãe, padrasto falecido de asma, caíra na mão de um aleijado. Olhos da avó, cara trancada:

– Nunca vi crioulo de cabelo bom prestar – dizia o velho Marujo, que mandava cartões de Kiev e Milão.

Não perdia em levá-lo. Nenhum papel na saída. Silêncio absoluto quando entraram na cela. Apresentado como jogador, despertara ciúme num casal de internos. A fama da escola XV corria mundo. No Recife, o Moço Preto descobrira craques nas unidades do SAM:

– Vão na bola como num prato de comida.

Para a torcida do adversário, promovia quem lhe comesse o rabo. A coleção de bonés, o megafone, as palavras em inglês, não deixavam dúvida. Desde a pensão do Vasco, Castru sabia como lidar com garotos pobres, que fará do seu sangue. No barraco, o melhor do Urubu, tinha dois beliches para jogados-fora. Se não fosse seu filho, paciência. Livrava um coitado dos espancamentos noturnos. No morro se fazia medo a crianças:

– Ê-vem Tomazinho.

Deveria favor ao tipo violento. Armação. No meio da noite, Diamba mataria a paulada o idiota que se acreditara seu pai. Com poucos meses, se convenceu da farsa. Pedira à sua meia-irmã do Recife procurar no Pina, onde Diamba dizia ter família, uma mulher assim, assim, de nome Edileusa, que vivera no Rio com a mãe e uma filha de seus dez anos. Mandara um retrato. Safa, a irmã de Marujinho-Castru andou por delegacias, paróquias, templos evangélicos, terreiros, terecôs, escolas, corpo de bombeiro, botou anúncio em jornal e no rádio. Apareceu uma Denilza, que expulsara de casa um filho chamado Crioulo, quando residiram no Rio, morro da Providência. Desejava felicidade ao fruto do seu ventre, mas não queria vê-lo nem coberto de ouro, recomeçara a vida, tinha outros cinco. Mandava foto só pra matar saudade, onde estivesse. Não podia perdoá-lo, preferia calar o motivo.

– Não é Edileusa nem matando – conclui Castru.

Diamba e Tomazinho montaram uma biografia, na madrugada da escola XV. Chefe de gangue aos quinze anos incompletos, foi chamado no Urubu de Biguá, pela semelhança com o zagueiro do Flamengo. Índio preto. Em poucas semanas, trocou o abrigo do falso pai por um mocó, além do Paredão, onde ficara, no tempo de Tita, ou Tite, o poço barrento. Soltavam balões. Só se entrava lá acompanhado. Tinha, porém, um vínculo com a comunidade, meia-direita do Ypiranga.

a intérprete

Castru, que acompanhara o Moço Preto por duas temporadas, não tinha economias para ficar desempregado, aceitou o lugar de instrutor de educação física no ginásio Cavalcante, perto de casa, logo promovido ao de inspetor de disciplina. Se sentia bem no Urubu, tinha seu barraco, seus livros esbeiçados, seu fogão para os pratos que o velho Marujo lhe ensinara, seus protegidos, seu time de futebol. De rosto mais estreito que redondo, já aos quarenta anos lhe apareceram cãs que, combinadas à voz sempre baixa, para dentro, passavam a impressão de sério e sábio e, para as mulheres, de macho delicado. Quando o Moço Preto temera perder o controle sobre o grupo, seduzido pela portuguesa do botequim, Castru deu a ideia de ele e o treinador passearem na concentração com uma espada de São Jorge amarrada no pulso. Não acreditava em Deus, mas sabia fingir.

– Macumbeiros – sussurravam os faltosos.

Conheceu Camilo no colégio em que fora trabalhar. Numa prova, o professor de ciências expulsara o garoto de sala. Duvidando da energia do inspetor, fez a sua caveira:

– Só sabe colar. Desde o começo do ano está na minha lista.

Castru lhe passou, como castigo, cinco cópias do Hino Nacional após a saída. Antes, porém, de anotar a falta na caderneta, quis saber se apanharia do pai. Camilo traçou um quadro de horrores, em que o menos ruim era o cinturão com fivela.

– Conversa – cortou. – Pelo jeito nunca levou uma bifa. Sei também que não sabe colar. É muito orgulhoso. Por que o professor Roberto invocou com você?

– Pergunte a ele.

O garoto pegou o inspetor lendo na plataforma do trem:

– Que livro é este, seu Castru?

– Escute. "Oh! Maldito o primeiro que, no mundo,/ Nas ondas vela pôs em seco lenho!/ Digno da eterna pena do profundo,/ Se é justa a justa lei que sigo e tenho!/ Nunca juízo algum alto e profundo/ Nem cítara sonora ou vivo engenho,/ Te dê por isso fama nem memória,/ Mas contigo se acabe o nome e glória!"

Pressentiu que aquele homem o acompanharia por muito tempo.

– O senhor acredita em Deus?

– Não. Mas pode ser.

Não ensinava nada a ninguém. Faltando um professor, o diretor mandava entrar em sala:

– Xis mais ipsilom não é xis mais ipsilom. É isso mais aquilo.

– O senhor sabe matemática, seu Castru?

– Quase nada.

– E latim?

– Idem.

Olhava os alunos no olho, despertando ciúmes dos professores:

– Ô, Moacyr. Quando eu faltar, vê se não põe o Castoriano no meu lugar. Ensina errado.

– Ele só tem ordem de matar o tempo.

Desde o encontro na estação, o inspetor e o menino trocaram livros. Castru lhe emprestou *Terras do sem fim*, achava incomparável o assombro dos nordestinos diante da mata, "A tempestade caiu, raios que cortavam o céu, trovões que ressoavam como o rilhar dos dentes dos deuses da floresta ameaçada". Fascinado por *Lola*, de São Jorge dos Ilhéus, Camilo esquecia *Nioka, a rainha da selva*.

Um sábado de muita chuva, as vielas do Urubu parecendo mingau, bateram na porta de Castru. Sabia quem era:

– Tem essa cama aí, dura, boa pra sua idade.

Em silêncio, o garoto enfiou num prego duas sacolas de feira, das roupas. A terceira, Castru adivinhou:

– Na cozinha tem um caixote de banana vazio. Põe os livros lá e enfia debaixo da cama.

Aos dezoito anos, quando a conheceu, Camilo, nome verdadeiro do Sapo, achou que Mariângela passava dos trinta. A mulher parecia querer apagar todo o passado e todo o futuro. Nunca sorria, mas não era de hoje, garantiam a Camilo. Criada pela avó, a quem chamava de mãe, apanhou muito, mas não a abandonara, mesmo nos áureos tempos em que, por interesse na sua voz e no seu repertório, a convidavam a pernoitar, Zezé Gonzaga na mansão do Joá, Nuno Roland na rua Santo Amaro, em frente ao Elite. Tinha um filho, Getúlio, que tanto podia ser desse cantor, quanto de

Jota Aesse. Neste caso, Getúlio teria sido concebido numa das visitas que Mariângela lhe fez no presídio da Ilha Grande. A intérprete mantinha uns restos de sensualidade, apesar do jeito fanado e a natureza que, até aí, hesitara em fazê-la feia ou bonita, enfim se decidira. O nariz e a boca eram de negro, o cabelo de branco, a cor entre o marrom e o preto.

– Pombagira não aguenta cama e não come fora de casa. Sofreu porque quis – explicava a Gaúcha.

Nuno Roland declarara à *Revista do Rádio* que depois dela ninguém interpretou melhor "Fim de semana em Paquetá", "Esquece um momento os teus cuidados,/ E passa o teu domingo em Paquetá". Não a chamavam, porém, se o repertório fosse de bossa-nova:

– Não é gênero pra crioulas suburbanas – sentenciou Castru, seu vizinho no Urubu.

Não quis mais saber da carreira, derrotada por antecipação:

– Pensa que sou a Araci de Almeida?

Frequentava, agora, fundos de quintal, dando nó em pagodeiros do tempo da chula e do calango. Camilo, o Sapo, que vivia então na casa de Castru, a seguia por toda parte, e tanto a comeu com os olhos que um dia, ao passar na sua porta, ela lhe disse, sem alterar a voz:

– Entra. Vou dar pra você.

– O que é do homem o bicho não come – falou Castru, quando ele se mudou. – Qualquer coisa, a porta está aberta.

Mariângela se sustentava como auxiliar de enfermagem, esquecida do sonho de sair num caminhão cantando em pequenas emissoras do país, consolando presidiários na solidão da noite, "Meu mundo caiu/ E me fez ficar assim/ Você conseguiu/ E agora diz que tem pena de mim", distraindo velhinhas hospitalizadas, "Beija-me/ Deixa o teu rosto coladinho ao meu/ Beija-me/ Eu dou a vida pelo beijo teu". Sábado e domingo arrastava Camilo para Vila da Penha, Pedra de Guaratiba, Ilha do Governador. Cantando, se iluminava. Não resistindo ao convite para integrar o trio Sonho Carioca, seguia direto do hospital para o Night & Day, "É tão gostoso, seu moço,/ A gente ter um querer/ Que entenda a gente de longe/ Sem nada a gente dizer". Camilo fazia hora depois da aula, lanchavam, ela entrava no camarim, ele se sentava num canto para admirar a mulher estranha.

Comprou aliança para os dois, a dele um pouco folgada. Nessa noite, um bêbado falava de Mariângela coçando o pau:

– Vou chamar essa neguinha do trio prum programa.

– Na Rádio Nacional deu pra todo o mundo – informou o colega. – Quem comeu comeu.

– O rapaz e a outra guria do trio não valem nem a metade. Se foder como canta, tô com tudo e não tô prosa.

Na sombra, Camilo apurou o ouvido.

– Quem comeu comeu. O tal do Adilson que canta com ela é o dono do material.

– Ainda pego esta nega sozinha.

Camilo bebeu. No intervalo, chamou a mulher pra fora da boate:

– Quero saber uma coisa.

Lhe apertava o braço.

– Que deu em você? Sai dessa.

Choferes, seguranças, vadias assistiam ao espetáculo.

– O que você tem a ver com o Adilson?

– Sai dessa.

– Ou fala ou te cubro de porrada.

Mariângela puxava o braço:

– Porrada em quem? Ainda não nasceu o homem pra me encostar a mão.

– Quero saber do Adilson.

– Vai perguntar a sua mãe.

O público se divertia:

– A criança ficou nervosa.

– Cuidado com o chifre, viado.

– Vai encaçapar ou não vai?

Num safanão, Mariângela derrubou Camilo. A aliança lhe escapou do dedo, sumiu num bueiro. Tonto, tateava o chão sob risos. Mariângela voltou à boate:

– Ainda não nasceu o filho da puta pra me encostar a mão.

Descendo do trem, tarde da noite, Mariângela encontrou Crioulo Biguá a sua espera. Acompanhou-a até a porta de casa, mas não foi convidado a entrar:

– Nem pensar. Depois do Sapo fechei o balaio.

Sabendo que reatara com Camilo, perdoado da cena de ciúme na boate, dia seguinte fumou diamba e provocou o outro:

– Domingo, quem vai levar meu material é você.

No campo do Turiaçu, terminada a preliminar em que Zizinho, para variar, humilhou o adversário, Biguá cresceu para Camilo:

– Aí, cadê minha chuteira?

– Vai te catar.

Biguá foi fumar atrás do vestiário. Castru puxou o papel para confirmar a escalação. O meia ameaçou no ouvido de Camilo:

– Não falei pra trazer minha chuteira, boneca? Me dá a tua ou vai entrar na porrada.

Se atracaram. O técnico cruzou os braços, esperou que os colegas os desapartassem:

– Estão suspensos os dois. Não quero nem saber.

Castru pediu ao Sapo que viesse a sua casa sábado de manhã, com Mariângela:

– Coisa seríssima, mas não vou te dizer o que é. Afobado come cru.

Sapo combinara pegar Mariângela no ponto final do lotação. Por volta de uma hora se levantou, tomou cerveja. O assunto da manhã seguinte parecia incômodo, a intérprete já dissera que não ia:

– Conversa de cerca-lourenço. Por que não te falou de uma vez?

A sexta-feira fora nublada, a noite fria. Sapo bateu a porta por fora, quando se virou recebeu um soco nas costas. Saltou, armou os punhos como boxeur, esperou o agressor mas ele não veio. Recebeu um pontapé na barriga, caiu, se levantou no susto, sabendo que não devia continuar no chão. Vira muitas brigas, entrara em algumas, devia permanecer de pé. Acertou um chute no agressor. A noite ficara mais escura, se sentiu no corredor de uma mina profunda. Quando ele o segurou por trás, encaixou uma cotovelada com toda sua força. O agressor sentiu. Sapo caiu com uma rasteira. Sua ideia fixa era ficar de pé. Ouvia os pés do outro se aproximando para o próximo golpe, não o distinguia na escuridão. No escuro, um negro se vestira de preto para acabar com ele. De dia talvez ganhasse a briga, o agressor era forte, mas a raiva o enlouquecia. E se também não enxergasse? Mais tarde se lembraria que lhe acertou pelo menos um murro na cara, que o derrubou também uma vez. Se atracaram de novo. Reconheceu o hálito:

– Filho da puta.

O agressor perdera a voz. Não grunhia, não xingava. Sapo conseguiu agarrá-lo por trás, arrastou-o até a beira da grande pedra. Morriam os dois. O desconhecido juntou forças e saiu da gravata. Esmurrou a cara do Sapo, tinha um soco inglês. Para ter um pouco de descanso, se atracaram pela cintura, quem os visse diria que fodiam, mas ninguém ouviu ou viu na madrugada o combate sem razão.

– Filho da puta.

Com um suplemento de força, qualquer dos dois teria liquidado o outro. Com um pequeno cochilo, como um chofer à noite numa estrada, qualquer um teria dado ao outro a chance da própria morte. Então, à primeira claridade, talvez de um notívago com uma lanterna, talvez da alva, o agressor desconhecido pediu ao Sapo:

– Me deixe ir embora.

– Pensei que tivesse perdido a voz – disse Sapo, no limite das forças.

O desconhecido levantou uma grande pedra e se despediu:

– Mas antes te dou um presente – e desceu-a com a força que lhe restava onde a coxa do Sapo se juntava à canela.

Quando vieram chamá-lo, Castru sonhava voar num cabriolé sobre as nuvens, a patroa o desmoralizava: "Descalço não pode, meu nego, olha a fardinha que te comprei." Jogou água na cara, desceu para socorrer o ferido. Tinha gaze, amônia, arnica, iodo, águas oxigenada e boricada para as barbaridades de jogo. Apoiou a cabeça do Sapo na perna, tranquilizou a mulher:

– Há bichos da terra que devem morrer. Não este.

desgraças

Dona Jandira acabara de regar as plantas. O pobre menino se encostou cambaleante no portão, pediu já com a boca espumando sangue:

– Me salva, dona Jandira.

O impulso da mulher foi abrir. Aí ele caiu, meio fora, meio dentro.

– Minha mãe.

Correu para o interior da casa, assustando a família. Merienne não podia ver sangue. Os homens pegaram o garoto e o puseram no sofá. Jandira desmaiou, estava feio, o sangue saía em borbotões da parte de cima da barriga. O garoto ainda viveu até a chegada da Assistência. Dia seguinte, em *A Notícia*:

MARGINAL ESTRIPA DESAFETO
COM FACA DE AÇOUGUEIRO

Boa romaria faz quem em sua casa fica em paz. Ao dito popular não deu ouvidos o menor A. S. dos S., vulgo Crioulo, ou Biguá, residente no morro do Urubu, Tomás Coelho, pardo, 18 anos, sem profissão, que ontem, por volta das 16 horas, foi abatido a golpes de faca de açougue pelo seu desafeto, Camilo de Oliveira Santos, vulgo

Sapo, maior, pardo, sem residência ou profissão definidas, em frente ao açougue Cinco Quinas, à avenida João Ribeiro, sem número, Tomás Coelho. Desde as 15 e 30, aproximadamente, encontrando-se os dois desafetos naquele logradouro, passaram a altercar em altas vozes, ocasião em que Sapo foi, segundo testemunhas ali presentes, diversas vezes esbofeteado por Biguá, de compleição mais avantajada. O criminoso retirou-se, retornando daí a alguns instantes armado com uma faca de açougueiro, atingindo com ela, por diversas vezes, no ventre, o seu desafeto. Ato contínuo evadiu-se. Biguá, esvaindo-se em sangue e com as vísceras à mostra, procurou socorro numa casa próxima. A vítima, levada ainda com vida ao hospital Salgado Filho, veio a falecer ao dar entrada naquele nosocômio.

Em juízo, o dono do açougue falou pelos cotovelos:

– Quase quatro horas da tarde, Sapo entrou-me no açougue, aquele viadinho que puxa de uma perna, peço-vos desculpa doutor pela má palavra, o viadinho só comprava acém, no dia fatídico passou pelo balcão, nada disse, pegou o cutelo, confesso-lhe que medrei do gajo, tinhas botucas vermelhas, disse cá comigo este gajo levou porrada, fui atrás, vossa majestade, ele atravessou a rua e, é como lhe digo, em frente à cerca de dona Jandira o gajo estripou o outro. Apreciaria que me devolvessem, minha faca, vossa majestade.

O Sapo pegou vinte e dois anos em regime fechado. Um bom advogado alegaria legítima defesa, realçando o testemunho de quem o vira apanhar da vítima mais de uma vez, agressões que lhe causaram danos físicos irreparáveis, quais sejam manqueadura da perna direita e obstrução da vista esquerda, que, se não o incapacitaram integralmente para o trabalho, data vênia, encerraram promissora carreira profissional futebolística, já encaminhada, como de geral conhecimento, pelas relações que mantinha com o ex-treinador Castru, discípulo, este, por sua vez, do prestigioso Moço Preto, sem falar no derradeiro episódio, em que apanhou na cara, publicamente, da infausta vítima etc. Abandonado, anteriormente, pela família e, agora, pela mulher, Sapo não gozou de qualquer benefício penal previsto em lei, recebendo condenação adicional de mais dezesseis anos por assassinato cometido, já na prisão, contra a pessoa de um xerife de cela que tentou estuprá-lo, se este termo se aplica à violação de homem para homem. Dezessete anos após o primeiro crime, jazia esquecido numa unidade prisional reservada a velhos, deficientes e evangélicos sinceramente convertidos que, para demonstrá-lo, torturavam os demais cantando e recitando versículos, da manhã à noite.

Sapo não fora inteiramente abandonado, para falar a verdade. Um justo, que outro não era senão o fundador da Igreja Batista em Tomás Coelho, começou a visitá-lo após o segundo crime. Pensando reconvertê-lo – talvez se pudesse dizer converter, não fosse uma circunstância que ora preferimos calar – lhe buscara, desde então, novo julgamento para o assassinato de Crioulo Biguá. Quando o Sapo logrou absolvição deste primeiro crime, nada lhe restava, praticamente, a cumprir da segunda pena, mesmo porque, se tivesse alcançado, um, a progressão por dia de trabalho e, dois, o benefício de 1/6 por bom comportamento, a que tem direito qualquer apenado, há muito estaria na rua. Seu benfeitor, porém, tinha morrido, o advogado sumira e ninguém lhe valia, com perdão da desgastada metáfora, fora dos grossos muros. Se afastara dos evangélicos, únicos a disporem de relações honestas e legais lá fora, se desconvertera, alcançando agora, em matéria de metafísica, uma serenidade agnóstica. Em 1978, a Defensoria lhe conseguiria prisão albergada e, pouco depois, livramento condicional, mas Camilo os recusara, insistindo em sair pela porta da frente, embora em nenhum dos oito estabelecimentos em que esteve houvesse porta de trás, com a injustiça reparada. Quando lhe obtemperavam que, nos dois casos, efetivamente matara, o olhar de Camilo, agora manso, se perdia no infinito, sem embargo da inadequação do termo a qualquer unidade prisional conhecida. Foram, ao todo, dezoito anos e quatro meses de confinamento.

Estava só quando bateram à porta. Eram três rapazes conhecidos dela, Símio Gongo, o mais velho, Centelha, o do meio, Grilo Magrela, ainda menino. Grilo Magrela, na verdade, ela conhecia mal. Entraram antes que pudesse dizer uma palavra. Se sentaram os dois na cama, enquanto Grilo Magrela se encostava na porta. Lhe puseram uma faca no pescoço. Ainda pediu, implorou, faria o que quisessem, sem violência. Símio Gongo lhe deu um murro na boca. Deixaram-na nua. Enquanto Centelha a sujeitava numa gravata, Gongo tirou as calças e veio para ela. Para abrir as pernas, levou um murro no estômago.

Grilo Magrela escorou a porta com o guarda-comida e veio lhe mamar os peitos. Centelha implorou que os dois andassem logo. Dizia isso revirando os olhos. Lhe deram mais alguns murros. Vendo no canto do fogão uma garrafa de álcool, Símio Gongo, o chefe, teve uma ideia. Espargiu o combustível pela cama e acendeu. Grilo abriu o pequeno guarda-roupa e amontoou roupas no chão, deslumbrado um instante com as chamas. Saindo da viela ouviram a explosão do gás.

Centelha, o do meio, foi preso alguns anos depois pelo estupro de uma assistente social da Prefeitura. Não ocorreria ao delegado qualquer ligação entre este crime e um incêndio no morro do Urubu, que se alastrou por vários barracos, matando duas crianças e um paraplégico, se, no pau, Centelha não protestasse inocência na primeira ocorrência. Nada lhe perguntara a respeito. Centelha entregou, então, Símio Gongo, que caiu uma semana depois. Não foi pro pau, contou serenamente o que aprontaram para vingar a morte de Crioulo Biguá. Quanto a Grilo Magrela, prevendo resistência, a dupla de investigadores começou na hora a esmurrá-lo. Era cínico, gemia em voz baixa que trabalhava. Chegou na delegacia sem um dente e o olho amassado.

– Trabalha, é? – fez o plantão, girando o polegar na palma da outra mão.

– Quero mijar – implorou.

– Se mijar aí te arrebento todo – disse o delegado sentado na mesa. Balançando a perna, lhe chutava o saco: – Crioulo tarado.

O plantão lhe bufava na cara. Grilo abaixava a cabeça, um tira o puxava pela carapinha:

– Quantas tu barbarizou? Quero o número, depois os detalhes.

Perdera a língua. Pegaram os cavaletes atrás do armário.

– Sou de menor – sussurrou.

– Vou bramear – disse o delegado. – Quando o bicho cantar, me chama.

Por volta das onze deram uma trégua. Assinasse os inquéritos sem conclusão que lhe esfregavam na cara.

– Esse filho da puta não tem jeito. Daqui a pouco não vai ter boca pra falar.

Quando jogaram o estuprador no camburão, o escrivão se lembrou de uma hiena que vira no zoológico da sua infância. Não era velho na profissão e estremeceu. Na estrada antiga do Grajaú, sacaram-no. A sombra mal se sustinha. Enquanto os homens pegavam as armas sob o banco, o escrivão lhe segredou:

– Vão fingir que te executam. Não confesse nada, é a sua chance.

Arrumaram-no à beira do precipício:

– 10, 9, 8, 7...

Grilo oscilou mas não emitiu som.

Quando o delegado chegou, no meio da manhã, foi vê-lo. Arrancou-o a pontapés para a sala. Cabeças de tiras espiavam da porta. A moça do café-com-bolo se espremeu como no circo. O escrivão datilografou perguntas e respostas, sem que Grilo Magrela dissesse um a.

– Sei que não vai assinar – disse o delegado. – Não tem importância. Assino eu.

30 de dezembro de 1971, data que jamais esqueceria, buscaram Camilo para um reconhecimento em outra unidade. Não se lembrava de nenhum crime, salvo os cometidos nas pessoas de Biguá e do aludido chefe de cela. No pau, nada sabendo, nada podia falar. “Está bem, fui eu”, capitulou, o que lhe valeu muito mais horas de choques e palmatória para entregar o local inexistente em que escondera o furto. Quando acreditaram nele, estava em estado tão deplorável que o esconderam num quartel da Tijuca. Num largo xadrez de estropiados, o estropiado que matara duas vezes, sentiu a inutilidade de todo o viver. O que tinha em comum com aqueles pleibóis cabeludos, há meses sem sol, que dormiam de mãos dadas e cantavam de olhares perdidos? Se lembrou de um filme visto aos quatorze ou quinze anos, *Órfãos de luxo*, ou seria *Órfãs de luxo*?

– Como se chama o companheiro?

– Respeito o amigo, mas não sou companheiro de ninguém.

Olhavam-no de banda. Surpreendeu um cochicho:

– Infiltrado. Vi o carcereiro piscando pro cara.

Temiam o anoitecer:

– Fulano – chamava o carcereiro, raivoso ou indiferente. – É pra subir.

Com pouco se ouviam ordens excitadas:

– Tira a roupa, porra! Abre essa mão seu filho da puta! Vou deixar você em frangalhos, piranha terrorista!

Iam num crescendo, até que se interpunha um silêncio. Os berros dos sofredores eram respondidos nos xadrezes cá de baixo pelos cantores de olheiras que dormiam de mãos dadas, “Apesar de você, amanhã há de ser outro dia...”.

– Como se chama o companheiro? Já reparamos que nunca te mandam subir. Qual é a organização do companheiro?

– Nunca fui companheiro de ninguém. Me esconderam aqui.

– A mesma conversa de sempre.

– Não sei de organização. Meu crime é comum.

– Conta outra.

Berros no andar de cima. Com sorte o sujeito era devolvido, a mão branca caída, arrastado pelos sovacos.

– Infiltrado. Conta outra.

Lhe massageavam as pernas roxas do pau de arara, lhe cobriam a testa com toalha molhada, "Apesar de você, amanhã há de ser outro dia".

Uma noite mandaram levá-lo ao segundo andar. Ouviu um cochicho na hora em que saiu:

– Vamos ver como volta.

No topo da escada o empurraram para uma sala pequena. Uma mulher tentando esconder os seios, vários tiras rindo, dois fios no pé da coitada terminavam numa maquininha sobre a mesa em que se sentava o chefe de equipe:

– Conhece o negão tarado, sua putinha?

O filme era *A órfã de luxo*. Ou escondia os seios ou a boceta. O chefe rodava a manivela, ela pulava pra trás, as mãos não sabiam o que esconder. Agora lembrava o nome certo do filme.

– Antes de foder contigo, aqui nesta sala, o crioulo tarado vai te dar uns choquinhos.

– Por favor – a voz da torturada circulava na sala isolada por eucatex.

Ordenavam entre tapas que Camilo rodasse a manivela. A órfã de luxo saltaria pra trás, os xingamentos excitariam os tiras, a voz sumiria:

– Por favor.

Devolvido à cela coletiva, Camilo se encostou na grade. Inutilidade de todo o viver. No Encantado, a igreja ficava ao lado de uma delegacia. Seu Avelino estava lá, certo domingo, num culto de ação de graças. Durante sua oração começaram os gritos. "Amém, irmãos. Venham comigo." Acompanhado da mulher e da filha, pôs o dedo na cara do inspetor: " A casa de Deus é aqui do lado. Pensa que não ouvimos? Em nome do Altíssimo, ordeno-vos não tocar nos filhos de Israel."

A órfã de luxo não sabia como esconder os peitos. Enquanto os colegas sofriam no segundo andar, pleibóis cabeludos se entrouxavam pelos cantos. De repente começavam a cantar:

– Apesar de você.

Do outro lado, mulheres da sua qualidade se preparavam para esconder os peitos:

– Levanta, sacode a poeira, dá a volta por cima.

Escondido no inferno, Camilo recordava filmes do Cine Pereira Pinto. Tinha cara de tarado pra amedrontar alguém? Irmão Avelino exigira respeito aos filhos de Israel.

Ajudou a massagear um velho careca, presidente de sindicato. Uma noite quis ser carinhoso com ele:

– Por que não jantou? Fique com a minha carne.

– Está louco? Quero lá ter congestão?

– Infiltrado.

Até que parassem de olhá-lo de banda repetira diariamente sua história.

– Por que trouxeram esse bunda-mole pra cá?

Na escada para o segundo andar um dístico no portal, "Aqui é onde o filho chora e a mãe não ouve. Na parede da direita, Amor à Pátria. Dever Cumprido".

– O arrombado que dizem que roubei era polícia. Aliás, o que é aqui?

– Porão da ditadura.

Vinha do outro lado o samba entoado das mulheres:

– Levanta, sacode a poeira, dá volta por cima. Errei, ah, eu errei...

Antes do jantar aparecia o enfermeiro cara de índio, insulina para o diabético, injeções de reanimar cavalo.

– Melhor evitar. O companheiro sabe o que é soro da verdade?

De aparelho no pescoço muito grosso sob o jaleco, oferecia tomar a pressão. Abria a Bíblia:

– Você tem cara de crente – encarava Camilo separado dos outros. – É ou não é? – Lia um salmo: "O que ama a correção ama o conhecimento, mas o que aborrece a repreensão é um bruto. O homem de bem alcançará o favor do Senhor, mas ao homem de perversas imaginações Ele condenará."

Odiado mais que os torturadores, não passava recibo. Com a Bíblia e o tensiômetro no pescoço, lia o "Cântico dos Cânticos". Intimidados na hora de subir, os pleibóis cantavam de galo para o tipo nojento:

– Você só serve pra lamber feridas. Onde está Jesus na hora do pau? Enfia a Bíblia naquele lugar.

– Fui crente – lhe disse um dia Camilo.

– Eu sabia. Por que largou a Igreja? Ao homem de perversas imaginações Ele condenará.

– Descobri que o pai do pastor não usava meia.

Mais tarde, ao começarem os gritos, os sofredores o cumprimentaram:

– Acabou com o safado, companheiro.

– Errei, ah, eu errei.

– Não sou companheiro de ninguém.

– Está louco. Lá quero ter congestão?

desconhecidos

Devolvido à Casa de Correção, de onde nunca devera ter saído, Camilo topou de novo com comunistas, que conhecia de romances. Um dos sujeitos oferecia cursos de história social de Roma:

– Quanto durou a comunidade primitiva? Dezenas de milhares de anos. O escravismo? Dez mil, no barato. A sociedade feudal que sucedeu às invasões bárbaras? Não chegou a mil. O capitalismo, que veio em seguida? Não tem quinhentos anos de vida e já aparece ao seu lado o socialismo. – Arregalava os olhos: – O que se deduz?

Passando um carcereiro, apagava com a barra da camisa o quadro-negro. Discorria sobre a luta entre patrícios e plebeus, as leis agrárias, Mário contra Silas, o apogeu e a queda do Império. Inconformado com o cerco dos crentes, olhava direto para Camilo:

– Os irmãos Graco foram os primeiros socialistas que se conhece.

Camilo o desapontou:

– Não me interesso por isso. Fico agradecido.

– Como assim?

– É que me vejo como romano, de saiote e alpargata.

O comunista tomou fôlego:

– Pois então.

– Pessoas como eu não alcançam teorias. Fico agradecido.

– Você é um pobre soberbo, Camilo. Se faz de bobo.

Luís Carlos Andrade enfiou a viola no saco, se esgueirou para o canto.

Um dia em que viu Camilo rondar a estante do pavilhão, sugeriu:

– Leia *O conde de Monte Cristo*, companheiro. Tem tudo a ver.

Era uma pequena biblioteca, coleção de gibis e Novos Testamentos, Sabrinas, Coiotes, *Cartas do meu moinho*, *A condessa Vésper*, *A velhice do padre eterno*, *Naná*, *Vinte mil léguas submarinas*, *A carne*, *O pimpinela escarlate*, uma prateleira em inglês, doada pelo cônsul americano aos patrícios condenados por tráfico, uma seção de didáticos, a Enciclopédia Britânica; e Pontes de Miranda. Há nove anos, quando chegou, Camilo comprou na cantina meia dúzia de cadernos para fichar o que lia. Derrotado da vida, escreveria um dia o seu livro, um só lhe bastava, devia se preparar. Compreendia vagamente que a única razão por que lia era um vício de menino, combinado a sua fragilidade de alma. De bom grado, ao chegar na unidade Jocelim Brasil, aceitara sugestões de leitura de um estelionatário argentino que falava por tropos, olhar oblíquo, lábios sempre molhados, de quem não se esperava nada de bom, salvo conselhos sobre benefícios da Lei de Execuções Penais.

Anotou com letra gótica na primeira página de um caderno, "História de Roma copiada por Camilo dos Santos". Quis registrar o nome do autor em que se basearia, mas o volume estava sem a página de rosto e Andrade não o conhecia. O sujeito ponderou que, se lesse outras obras, a miscelânea final seria unicamente sua, se lhe desse na telha poderia intercalar, suprimir, acrescentar.

Eneias, filho de Vênus, vendo em chamas a sua Troia, depois de muitas tribulações, veio dar na beira do Tibre, a meio caminho da bota itálica. Esposou Lavínia, filha do cacique local, insinuante ainda que falta de vistosa beleza, magnífica cantora. De rosto oval, cabelos negros, nos olhos lhe fulgia uma luz entardecente. Oito gerações depois, seu descendente Numitor subiu ao trono de Alba Longa, a capital do reino. Amúlio, cujo capital era a inveja, expulsou Numitor, matou-lhe os filhos numa emboscada soez e forçou sua única filha, Réa Silva, a fazer-se vestal. Réa, que passaria à história como a Sacana, tinha os olhos de Lavínia, mas pelos ruivos. Deitada à margem do Tibre, abriu o seio ao sopro da brisa. Adormeceu. Marte passava por ali, se impressionou, com nove meses tiveram gêmeos. Amúlio mandou afogá-los. Colocados numa balsa, à deriva, talvez por estudada pena do criado preto a quem incumbiram do serviço feio, bondosas ôndulas encalham-nos numa prainha. Uma loba (lupa) os amamenta, se bem para os céticos não passasse Lupa de apelido dado desde tenra idade à camponesa Aca Laurêntia pelo furor amoroso característico dos lobos. Aborrecendo-os a dieta de leite, um pica-pau ia buscar amoras no mato. Certa manhã gelada, um pastor que fazia aquele caminho teve pena, os levou para casa. Iria se arrepender da boa ação. Crescidos, Rômulo e Remo se vingaram de Amúlio, restaurando Numitor. Quanto a Lupa, deram-lhe túmulo de mármore, subterrâneo, provavelmente no Vaticano, um dos sete morrinhos locais, bem pouco para quem da morte os livrara, em todo o caso mais que ao preto que de atirá-los na água se guardou. Os gêmeos só não se pareciam no caráter, Remo puxara a Eneias, melancólico e covarde, Rômulo a Vênus, tolo e destemido. Escolheram um local a vinte milhas do mar para erguer uma cidade, discutindo já por essa ocasião, eis que Rômulo a queria mais perto da praia, apesar dos piratas, Remo defendendo a proximidade da estrada que vinha do norte, em que pese a insalubridade. Rômulo nunca engoliu a argumentação do irmão. Fez um círculo no chão e disse: Aqui será Roma, ninguém entra sem eu autorizar. Remo, de brincadeira, entrou. Rômulo pegou uma borduna e lhe rachou a cabeça.

Camilo passara muito tempo sem simpatizar com Luís Carlos Andrade. Cruzando no pátio, o outro estirava o beiço:

– Mamão com açúcar, companheiro.

A prisão era, de fato, suave, quase bucólica. Se enviavam para lá chagados, leprosos, dementes mansos, criaturas domesticadas em fim de pena, fraudadores, compadres de gente poderosa. Andrade queria humanizá-los, evitava estupros, se equilibrava entre as gangues, tomava conta da biblioteca, sabia os códigos, os benefícios, o regimento interno, conseguia progressão para um, transferência para outro, alvarás improváveis. Com valentia enfrentava a direção, competindo com o argentino maldoso. Chegara ali havia quatro anos:

– Terrorista é quem nos chama.

Cuidava de correspondências privadas, apaziguava casais. Com dois anos pedira ao Patrimônio o tombamento do pavilhão Jocelim Brasil.

– Quem foi Jocelim Brasil, professor?

Enxugava o beiço:

– Um positivista que se bateu pela humanização dos presídios. Convenceu o imperador a construir isto aqui. Obra de companheiros escravos. Não vê as paredes de meio metro? Amassadas em óleo de baleia. Onde está hoje o campo de futebol era praia, os batelões chegavam com a negrada. Caminhavam até aqui debaixo de chicote. Sim senhor, óleo de baleia.

Evitava gírias. Quando recebiam visitas de autoridades, a diretora mandava trazê-lo ao gabinete:

– Conhece a unidade como a palma da mão.

Se punha às ordens sem forçar educação, apenas uma tristeza no olhar determinado:

– De fato, de fato. Sou um estudioso dessa casa. Podemos começar pelo pavilhão Jocelim Brasil, cujo tombamento por iniciativa nossa foi pedido ao Patrimônio.

Encostados em grupos de três, os outros viam passar a comitiva. Se aproximavam para pedir um cigarro, olhar baixo. Por todo canto a litania dos crentes, O mestre vai hoje passar, passa-ar, passar. O comunista apontava os passadiços rendilhados trazidos de Plimouth:

– A burguesia imperial não economizou. Ferro e óleo de baleia à vontade.

Chegaram transferidos oito terroristas. Se explicavam:

– Terrorista é quem nos chama.

O mais moço pediu pasta de dente emprestada a Andrade.

– Não, companheiro. É assim que se pega gengivite.

Camilo estranhou a grossura.

– É melhor não se meter, seu Camilo. Contradições da revolução.

Magoado, o recém-chegado inspecionou as estantes:

– Precisa renovar isto aqui, companheiro Andrade. Falta *Os intelectuais e a organização da cultura*, de Gramsci.

A diretora mandou chamar Andrade:

– Senta aí, professor. O presidente Médici proibiu boa vida para terrorista. Não se meta em encrenca, o senhor mais seus comparsas.

– O presidente em pessoa?

– Me telefonou outro dia. Outra coisa. O boliviano se queixou que o senhor influencia os passarinhos dele.

Faxina, criador de passarinhos, flagrou Andrade ensinando um corrupião a assobiar a "Internacional".

– No tiene derecho usted. El pajarito se llama Trotsky, pero podria ser Buda o Ataualpa.

Um carcereiro berrou pela grade:

– Sabará! Correspondência.

Radiante, o negro forte e lento pediu ao comunista:

– Faz favor de decifrar. Não leio sem óculos.

Andrade achou melhor um resumo:

– É o senhor seu pai. Diz que se arrepende de ter abandonado o senhor. No final do mês vem lhe visitar. Pede que espere.

Sabará fechou a cara.

– Não gostou da notícia – comentou Camilo.

À tarde, no futebol, Sabará enfiou uma bola entre as pernas do zagueiro inimigo. Na primeira jogada, o sujeito lhe deu uma cipoada. Sabará revidou com um soco, tirou sangue. Expulsos os dois, se recusou a sair:

– Se for homem me tira de campo.

A diretora foi chamada:

– Expulso tem que sair.

Saiu chupando os dentes:

– Preso e ainda por cima expulso.

– Pega o juiz na rua – zombou Camilo.

– O senhor já jogou bola, seu Camilo? – perguntou o comunista sem lembrar que o outro claudicava da perna direita.

– Já.

Os colegas passavam longe de Sabará. Domingo de manhã, apavorado com a visita anunciada, se recolheu ao campo, sentou numa pedra. Atirava cascalhos nos gatos:

– Merda federal.

Camilo se aproximou:

– O que é, Sabará?

– Vai dar merda federal.

O pai, depois de anos, apareceu com chapéu velho e manchas de cola nos braços. Sentou no meio das visitas, esperando. Sabará não se abalou do campo, ameaçando os gatos. O velho foi embora.

– Por que não recebeu a visita? – perguntou o professor de história social romana.

– Foda-se.

Na segunda-feira já estava manso. No almoço, cantava indiferente aos colegas um refrão de menino: "Vamos pra Coreia, vamos pra Coreia/ À procura de um soldado pra casar com esta veia." Com um parceiro pela mão se dirigiu ao comunista:

– O mar é azul ou verde?

Luis Carlos Andrade preparou a garganta:

– É relativo.

– Relativo é cu de preto. Ou é verde ou é azul.

O comunista engrenou uma explicação sobre algas, micro-organismos, luminosidade. Sabará desistiu:

– Com o senhor é Deus no céu e Fidel Castro na terra.

Camilo nunca lhe tinha reparado o ar de vencido. Com pena, se fez de ignorante:

– Queria saber exatamente o que são vestais. O senhor deve saber.

Andrade também nunca o olhara de perto. Camilo tinha uma vista esbranquiçada e ele se perguntou como podia ler.

– Por coincidência sonhei com isso outro dia.

Camilo não atinou com o quê.

– Lhe disse que sonhei com vestais. Não quer saber? – Se afastaram do campo, contornaram o pavilhão. – Iam me fuzilar, me levavam pela rua quando cruzamos com vestais, se cruzavam com um condenado, aproveito pra dizer, ele estava livre, uma chance em mil, tentaram me esconder as algemas, faça cara de quem vai batizar um filho, me ordenaram, no sonho eu não tinha voz para chamá-las, olhem que me levam para o poste, para a estrada velha do Grajaú, os filhos da puta me escondiam das sacerdotisas, um pesadelo. O senhor sabe, agora, quem são?

– Lhe viram?

– Não sei. Acordei suando.

– Me conte sua vida, seu Camilo.

Há dois anos viviam na mesma cela. Desconhecidos.

Nascera em Roma, muito tempo antes de Cristo. Naquele tempo se podia ler tudo o que havia num só dia. Eram leis, tratados, votos, orações, epitáfios. Pontos e vírgulas eram desconhecidos, as palavras emendavam umas nas outras, só as entendia quem as conhecesse, cessando pois a razão de serem lidas. Havia também, não escondamos, uma dúzia de volumes em casa de magnatas e políticos. Duas vezes por ano ordenavam aos escravos desenrolá-los e soltarem o verbo, vindo sem dúvida daí a expressão.

Sabará seguia atentamente o relato. O comunista coçava a cabeça, balançava o pé:

– Reencarnacionismo. Francamente.

Roma, antes de nascer a literatura, era bucólica como Niterói. Um cheiro de cocô de cavalo acompanhava o turista por toda a parte.

– O senhor não vai me dizer que havia turista em Roma naquele período histórico.

Camilo não ligou:

Fabio Cuntactor, eu, voltando do mercado, parava de vez em quando para nuvens de mosquitos muito pequenos me dançarem no topo da cabeça. Ardia o horizonte e me passavam pela alma ideias que a mistura de latim e volsco não conseguia traduzir, era isso já um prenúncio de literatura.

O preso político se desinteressava da fabulação insólita. Não cabia num sujeito daqueles:

– Volsco... Não me faça de idiota.

Luís Carlos Andrade era magro, as mãos não paravam nunca, dava uns petelecos em direção à parede, só via a luta contra a repressão:

– Três desconhecidos nessa cela. Reencarnacionismo. Não me faça de idiota, Seu Camilo. Que exemplo vamos dando ao pobre do Sabará?

– Pensando em Roma, lembramos de Plauto, o debochado, e de Virgílio, o plagiário, mas grassava um analfabetismo maior que nessa ditadura.

O comunista se animava:

– Não é o que dizemos? Um índice inaceitável.

Camilo, que se chamou outrora Fabio Cuntactor, ignorava a provocação:

Nenhum senador sabia ler. Quando a plebe conquistou a Lei das Doze Tábuas, se formou uma fila de quatro dias para vê-la e tocá-la, tanto que se gastaram as letras e começou a revolta, precisando Mânlio, o tribuno, explicar cem vezes que por isso não deixava ela de existir, a qualquer momento podiam ser copiadas em novas tábuas de cobre encerado.

Sabará fazia embaixada com uma laranja. O preso político se danou:

– O senhor não tem noção de desperdício? – E para Camilo: – Pedi para nos conhecermos e o senhor vem com uma história sem pé nem cabeça. Depois, o louco sou eu.

Sem se importar, Camilo-Fabio continuava em Roma. *Descendia de uma sabina com um ladrão de trigo. Estava no ventre da mãe quando enforcaram o pai no local em que veio a se erguer, no tempo de Sila, a herdade de Salustio. Tendo feito certa vez no mercado um serviço extra, o macedônio que o contratou ia abrir a bolsa quando ele avistou um rolo e pediu:*

"Me pague com aquilo." "É muito", disse o sujeito, "semana que vem trabalho mais, confie em mim." "Então, leve", disse o sujeito. Assim Fabio-Camilo pegou a mania de voltar para casa lendo aquela história que terminava abruptamente. Nunca lia em casa, escondia o volume, e só o abria na caminhada hodierna de ida e volta, enquanto houvesse luz. A mulher e os filhos o advertiram: "Olha que topas com um laurice. Tua irmã e os filhos já foram devorados." O filho maior achava o pai tão perigoso que tinha medo de olhá-lo de frente: "Pai, as obras do muro sérvio estão um perigo. Quebras a perna."

O comunista não podia entender como Sabará apreciava o delírio de Camilo:

– Reencarnacionismo.

Então – prosseguiu Fabio-Camilo – *minha família me encostou na parede: "Terás de largar este maldito vício. Que espíritos te pegaram?" "Sou um homem fraco", expliquei.*

– Fraco o senhor é, mas da ideia. Um louco que viveu em Roma, antes das lutas sociais, e um pafúncio que faz embaixada com nossa sobremesa. A burguesia inda dá cabo de mim.

Choveu muitos dias. Amuados, não podiam se exercitar no pátio.

– Quando eu fizer sessenta anos – jurou Sabará – terei uma casa com telha em Dores do Indaiá. A chuva vai fazer pim, pim na telha enquanto eu bebo chocolate.

Demoraram a entender:

– Chegar aos sessenta você pode – sentenciou o subversivo. – O difícil é ter uma casa.

– Por quê? – rosnou Sabará, sentido. O outro se complicou:

– Além disso, pobre não bebe chocolate.

– Quem manda no que vou beber? – Sabará se levantou do mocó, Camilo ficou atento para apartar. – Olha, vai tomar no seu cu! – raramente se desbocava. – Vai tomar no seu cu. Bebo o que quero.

O comunista se recompôs, desviou o assunto:

– Peço desculpa, companheiro Sabará. Seu Camilo, por que não bota no papel sua primeira encarnação?

– Não foi a primeira.

Sentiam a força da chuva. O coro dos bíblias atravessava as grades, "O mestre vai hoje passar, passa-aar, passar".

– A burguesia vai acabar comigo.

No outro dia, ainda com chuva, o faxina meteu a cara na grade:

– Luís Carlos Andrade!

O comunista deu um pulo da cama:

– Eu.

– Arrume suas coisas. Vai pro mundão.

Sabará o levantou do chão num abraço:

– Vai comer pastel de cabelo.

Fabio Cuntactor lhe confessou uma coisa:

– Não creio em reencarnação. Nem em Deus. Em nada. O que lhe contei foi um exercício. Escrevo um livro.

– Puxei cana com desconhecidos.

Luís Carlos Andrade cumprira metade da pena e tinha direito à condicional.

– De fato, o senhor faz jus ao benefício – começou o juiz. – Seus papéis estão em ordem, exceto um. A diretora do presídio diz aqui que o senhor não tem bom comportamento.

– Não tenho bom comportamento como, meritíssimo?

– O senhor dá lições de marxismo no pavilhão Jocelim Brasil.

– Intriga, meritíssimo. O que dou é história de Roma.

– Outra coisa, quando acabou o comunismo o senhor cantou a "Internacional". Verdade ou mentira?

– O fim do comunismo é relativo, senhor juiz.

– Canta ou não canta?

– Bem... Canto.

– Quem fala a verdade não merece castigo. Admite, então, que canta?

– Canto baixinho, meritíssimo. Sou desafinado.

– E o hino nacional brasileiro, o senhor sabe de cor?

– Como não? Como patriota sei de cor.

– Cante, que quero ver.

– Agora, o senhor está querendo me humilhar. Passei o diabo. Não sou menino. Da minha boca não sairá uma nota.

De volta ao Jocelim Brasil, se enfiou na cama. O boliviano saiu explicando:

– El terrorista se levó hierro. Cantó de galo pro capa preta.

reencontro

Há muitos anos na prisão, Camilo recebeu visita da irmã:

– Mamãe morreu no Mato Grosso. Me avisaram depois de enterrada.

– Agora você pode dizer quem era nosso pai.

A irmã fez uma cara antiga, apertou os lábios:

– O meu não é o seu.

Gorda e mole, não lembrava a garota de pele lustrosa, cercada de fãs:

– Meu pai morreu no Norte. Nem de retrato conheci, filho de índio. Já o seu pai entrou em nossa vida quando mamãe veio pro Rio. Seu pai já tinha uma filha também, de outro casamento. Quando você nasceu, mamãe e seu pai se separaram.

– Onde ele vive agora?

– Mãe é de bronze, pai é de vidro. Conhece este ditado? – fez a irmã, se ajeitando no banco do pátio.

– Que fim levou meu pai?

– Morreu num desastre de carro.

– Parecia comigo?

– Não me lembro. Sou sincera.

– E o retrato?

A irmã não se lembrava daquilo, ou fingia.

– Uma vez mexi numa caixa de retratos. Tinha um jogador do Botafogo com um braço no ombro de minha mãe. Era aquele?

– Acho que era.

Filhos de presos brincavam de pique no pátio do Jocelim Brasil.

– Me tornei Botafogo por causa daquele retrato.

– Vamos mudar de assunto – disse a irmã. – O passado não perdoa.

O marido perdera o registro de enfermeiro, envolvido com clínicas de aborto. Apesar de separados, lhe permitira viver no quartinho dos fundos:

– Não tinha onde cair morto. Agora se casou de novo e mora no Urubu. – Acrescentou com naturalidade: – De vez em quando o estrupício vem dormir comigo. Como marido não prestava, bate em mulher. Você não perguntou pelo teu sobrinho, o Camilinho. Faz cursinho pro Colégio Naval.

Camilo fez um pedido, ao se despedirem:

– Pede ao Guaraci pra me visitar.

A irmã demorou a responder:

– Guaraci pulou da barca de Paquetá. Deixou um bilhete com o homem que viajava ao seu lado: "Fui encontrar Namor."

– O Príncipe Submarino?

– Pior que é.

Com um mês de liberdade, Camilo encontrou um filho de Sabará no trem. Foi reconhecido:

– E então, como vai isto?

Se viram uma única vez, o rapaz visitava o pai no Jocelim Brasil, mas lhe falou como a alguém que visse na véspera:

– E então, como vai isto?

O vozeirão enchia o vagão. Hércules de circo impedia a passagem de quem ia descer:

– Com licença, com licença – lhe implorava uma senhora amarela, ossuda.

J. C. só tinha olhos para Camilo:

– O senhor foi tão amigo de meu pai. Jogava bola, tô sabendo.

Camilo queria ser gentil:

– Como vai o velho Sabará?

– Vive lá pra Minas, alienado. Não participa da luta dos negros. – Pela cara de Camilo sentiu que devia explicar: – Estou falando do movimento negro.

A mulher, com cara de choro, sofria sob o sovaco imenso do lutador:

– Por causa do senhor perdi minha estação.

Ele a ignorava, acintoso:

– A luta racial, seu Camilo. Moleza a nenhum brancoide desses por aí.

A mulher de novo se espremia para saltar. Camilo teve um acesso de sadismo:

– Seu pai lhe contou que matei dois? Não eram brancos.

– A raça negra não perdeu nada. Não deviam prestar. Capachos de brancos.

O vagão inteiro olhava para eles. Camilo pediu o endereço do velho Sabará.

– Me contaram que o senhor escreve um livro. Eu também. Lhe mando meu original, tio. O senhor saberá corrigir. Esse livro é o meu sonho, mas meu português é horrível. Não dão oportunidade a gente como nós.

Na Central, o trem esvaziou. O filho de Sabará usou os cotovelos para saltar.

Com menos de uma semana, Camilo recebeu o calhamaço.

– Quem sai aos seus não degenera.

Sabará seria capaz de confiar a um desconhecido uma preciosidade. "Sabará, o terrorista deixou pra você o relógio", "Quando eu sair vocês me dão". Como é que se entregava uma pesquisa daquelas a um sujeito só porque fora amigo do pai, alienado da luta? Vendo-o escrever, nas manhãs amenas, Sabará confirmava com a cabeça:

– A gramática é tudo.

Sabará passara ao filho o respeito à ciência do escrever. Não tinha dinheiro pro cigarro, lhe deixavam um relógio, confiava que o carcereiro escroto o entregaria no dia que chegasse o seu alvará:

– Sabará, estão aqui o seu alvará e um relógio que lhe deixou o terrorista.

Um ladrão confiava no outro, desprezava a propriedade. Bunda-mole. Sabará fazia embaixada com a laranja de sobremesa, o comunista dava muxoxos:

– Moral de lúmpen.

– Quem sai aos seus não degenera – repetia Camilo, vinte e tantos anos depois, abrindo o pacote da pesquisa de J. C.

Fichas da vida de Cruz e Sousa. Datas, nomes, situações, depoimentos de contemporâneos, críticas circundadas por pilô vermelho, fotos de parentes. Nas margens, o filho de Sabará apontava uma linha a desenvolver, corrigia, esculachava, apostrofava juízos reacionários, incompreensões paquidérmicas. O material não tinha costura nem imaginação. A gramática é tudo, dizia o pai. Contudo, nada queria do seu próprio pai que ia visitá-lo na cadeia. Ficavam cinco minutos no pátio, mudos. "Sabará, por que não trata direito o velho?" "Aquilo lá merece respeito? Ganho numa semana o que ele não fatura num ano." Jogava pedra nos gatos, até que o outro partia, rodando o chapéu nas mãos de sapateiro. Moral de lúmpen. J. C. deduzira que Camilo também escrevia um livro, o seu era sem pé nem cabeça, mas valorizava a gramática. O trabalho de J. C. não tinha costura nem imaginação.

Camilo largou de mão o *Vida dos Neves*, empacado em dúvidas. Uma noite sonhou com a prisão. Ele, Sabará e Andrade descascavam de uma vez, como banana, uma cobra enorme. A pele da cabeça, apontada para a frente como najas de faquir, demorava a sair. O terrorista comandava e Sabará se irritou:

– Quem pariu Mateu que embale.

Imediatamente estavam no campo. Sabará sentava na bola, metia o pau no juiz, cantava:

– De pé, ó vítimas da fome...

Com saudade, pedira a J. C. o endereço de Sabará em Minas. O negro alto e barrigudo quase morreu do coração:

– Como me achou, professor?

– Seu filho. Bati Sabará inteira, o endereço que ele me deu não existe.

– Malandragem. Nunca pisei em Sabará.

– Na zona me disseram que tinha um negão assim, assim, jogava bola pra caralho, mas era em Lavras.

– Aqui que me escondo. O mundo que se ferre.

– Se esconde de que, Sabará? Faça-me um favor.

– Esqueceu que matei Ângela Maria? Quando saí em liberdade, era fã assim querendo me quebrar.

– Se é por isso, não gaste sua beleza. Ângela Maria está viva, ainda canta com Cauby Peixoto.

Refugiado em Lavras de Minas, não em Sabará como pensava o filho, narrava pela enésima vez seu erro fatal. Experiente, campanou o carrão no portão do condomínio. O plano era dar o bote, entrar com ela, fazer a limpa, dar de pinote. No último instante, a mulher gritou. Matou-a, pulou o muro de três metros, caçado com cães e lanternas. Teve bom advogado, dezessete anos, saiu com oito.

– Sabendo quem era eu não matava. Essa que canta agora é comédia. A voz parece, mas vem do nariz.

Nos cafundós de Minas os ex-colegas dividiam lembranças:

– Me diz uma coisa, professor.

– Nunca fui professor, Sabará.

– Todo mundo é professor de alguma coisa. Não se ofenda.

– O que quer saber?

– Quem era o César Neburguês que o Andrade cantava? "Nem César Neburguês nem nada."

– César foi um general e ditador romano antes de Cristo. Burguês é o mesmo que patrão. O que ele cantava era "Nem César nem burguês, nem nada". Você ouvia mal.

– A gramática é tudo, seu Camilo. Morria sem saber. O senhor, apesar de preto, dá lição em qualquer um.

Uma menina os olhava da porta. Quando Camilo se voltava, sumia.

– Aproveito para lhe dizer, amigo Sabará, que a gramática não é nada.

– O senhor é muito safo. Não demonstra a ignorância de ninguém. Inclusive, tenho uma notícia pra lhe dar. Senta, que é ruim. O Andrade também apareceu pra me visitar, só que não perdeu tempo em Sabará, como o senhor. Veio direito. Aquilo era muito clandestino. Aconteceu o quê? Fomos banhar no açude, morreu.

A menina tomava coragem. Com as pernas de garça fazendo um quatro, olhava-os de dedo na boca. Era sararazinha.

– Vem cá – chamou Sabará. Apontou para Camilo: – Este não é comédia. Com esta cara de honesto, não sabe quantos apagou. – E para Camilo: – Meu último amor. Fode como gente grande.

Camilo se imaginou apertado por aquelas pernas finas.

– Vou passear com meu amigo. Faz a comida.

De madrugada, ordenaria com a mesma firmeza:

– Agora vira.

Um bicho pequeno da terra, bruto, sem meias palavras. A ameaça mal contida nas palavras exatas:

– Faz a comida. Agora vira.

Muitos anos atrás, no Urubu, quando acordou, semimorto, da covardia de Crioulo Biguá, Camilo vira, com o olho que restava, Mariângela e Castru.

– Aquilo é um bicho pequeno da terra que quer morrer – dissera o velho.

Era a senha para matar Crioulo Biguá.

– Vou passear com meu amigo. Faz a comida.

Sabará não falava por senhas, num tom suave dava ordens diretas. Mariângela, no morro do Urubu, falava por letras de música que não eram dela:

– Só não me apresente como sambista. Sou intérprete.

Pagodeira de fim de semana, temia a sorte de Araci de Almeida e Carmen Costa. Catando gaze e esparadrapo em hospital, fugia de botequim pé-sujo, alérgica à serragem que os donos espalhavam no chão para receber a parte do santo e cusparadas.

– Porcaria.

Favelada há duas gerações, não comia fora, enojada à ideia de mãos desconhecidas no seu prato. A visão da própria avó comendo de beiço úmido de gordura lhe dava engulhos. Varava noite bebendo, uma azeitona aqui, um tremoço acolá. Bicho da terra pequeno, exigente. Camilo tirara uma dúvida antiga de Sabará. Quem era o César Neburguês que não acreditava em Deus? Bancara o otário. Quando Andrade lhe apareceu, no cafundó de Minas, quis ser gentil:

– Tem visto o chefe?

– Que chefe?

– O doutor César.

Ao contrário de Camilo, o outro fez pouco da sua ignorância:

– Nem a "Internacional" vocês tinham condição de entender. Porra!

Antes de saírem para o açude, o ex-terrorista chamara Sabará de lado:

– Essa menina podia ser sua neta. Onde está a consciência?

Sacudira os escrotos com as mãos em concha:

– Aqui.

Nunca se entenderam, mas Andrade estimara Sabará. Por uma razão diferente da sua, dava o que era seu. Criticara-o com firmeza no Jocelim Brasil:

– Seu pai é trabalhador honesto. Merece respeito.

Sabará discordava:

– Cerca cocô na chuva. Sempre respeitou patrão.

Na saída da prisão, Andrade lhe deixara o relógio caro:

– Foi expropriado. Deixo sob sua guarda. – E ainda agradecia: – Obrigado, companheiros, muito me ensinaram.

Aparecendo em Lavras, viera com a conversa de consciência. Tivera o nome na lista de terroristas trocados pelo embaixador americano:

– Não vou. A luta é aqui.

O efeito foi contrário. Supondo-o desbundado, o enfurnaram na cadeia de crentes, aleijados e boas-praças.

A sarará, quase uma criança, guardaria de Luís Carlos Andrade fraca lembrança. A maleta e o *O marxismo e o indivíduo* foram para debaixo da cama em homenagem ao revolucionário.

– Nem a "Internacional" conseguem entender. É brincadeira.

Se a mulher errasse no sal, Sabará não buscava metáforas:

– Estava pedindo para ganhar uns tapas. Atendi.

O comunista tinha convicções, só não era prático. Sabará lhe perguntou, no Jocelim Brasil, por que assaltava bancos:

– Para dar ao povo.

– Nunca vi tamanha babaquice.

Camilo parecia compreender, usava a gramática:

– Distribuição de renda.

amizade

Quando Manuel Claudino desembarcou na Praça Mauá, 1950, uma carreta depositava grandes bobinas de papel-jornal no prédio de *A Noite*. Nunca vira aquilo, mas lhe informaram:

– Ali mora um gigante. É papel de limpar bunda.

Tão surpreendente é o destino que o informante gozador veio a se tornar seu compadre. Era Celimar Orlando dos Santos na certidão de nascimento, mas nunca nenhum amigo ou conhecido o tratou senão de Bahia.

O tio de Manuel Claudino não veio esperá-lo no cais. Não conhecendo cristão na capital do Brasil, esteve um dia e uma noite encostado à parede do gigante cagão. Bahia, deixando o trabalho, o reconheceu, lhe deu guarida na cabeça de porco em que morava. Nos dias seguintes, o levou para descarregar garrafas de leite de coco, o seu trabalho. Essa a geografia inicial de Manuel Claudino na Capital Federal: Praça Mauá, rua Sacadura Cabral, rua da Conceição.

O segundo trabalho foi de vigia noturno e cozinheiro de botequim na rua São Januário. O dono, Joaquim Norberto, tinha uma mulher de penugem doirada nos antebraços, Aurora. Terminado o treino, os craques do Vasco vinham beber e comentar os lances no botequim. Por que não ficavam na pensão do clube, onde comiam e bebiam de graça? O dono do botequim subia a voz:

– Se um dia Aurora me mete os cornos, mato-os aos dois.

Os jogadores riam, pediam tremoço. Manuel Claudino tinha vergonha pelo patrício. Um dia entrou com Aurora no banheiro, bateu a porta e pediu que fugisse com ele. Ela disse que não precisava. Com seis meses, Joaquim Norberto morreu de hemorragia intestinal. Bahia viera visitar o amigo e deu com o velório:

– Cacete. É mau negócio se meter com português.

Tempos depois sugeriu a Manuel Claudino abrirem um cine poeira. Ele alugava os filmes, pregava os cartazes, varria a sala, cobrava ingresso, acionava a máquina, só não se prestava a flagrar os namorados de lanterninha no escuro. Claudino entrava com a sala, barracão de madeira coberto de zinco nos fundos da padaria, pensão desativada dos jogadores do Vasco.

– O compadre já é rico, me ajudando enchemos a burra.

Num domingo houve tanta muriçoca que o público depredou o cinema. A amizade, no fracasso, cresceu, reabriram o botequim, Manuel Claudino pegou Aurora com Irapuã, bateu de madrugada em casa de Bahia:

– O que dói-me, compadre, é que nem aspirante é.

Irapuã morreu de hemorragia intestinal:

– Mau negócio se meter com português.

Vendido o estabelecimento, Aurora levou a sua parte para o Minho. Claudino aplicou o restante em um burro-com-maleta para a venda de miúdos, virou Claudino Tripeiro. Sobrou dinheiro para uma casa caindo aos pedaços. Sua geografia incluía agora a Piedade, onde foi morar com

Maria Albertina, Cascadura, onde ficava o matadouro que o abastecia, e a imensa área que vai daí a Inhaúma, onde surgia toda manhã vendendo tripa. Tentou em vão convencer Bahia a trabalhar no burro:

– Dou-te sociedade no animal.

Bahia o olhava ofendido:

– Não botei minha mãe na zona. Não misture amizade.

A casa era ruim, o terreno grande, construiu uma meia-água independente, ofereceu ao amigo.

– Sou lá homem de morar em subúrbio? Não misture amizade.

Acabou por alugar a uma viúva sem filhos. No quinto mês de atraso, exigiu que se mudasse.

– Sou a irmã de Lima Barreto. Conheço até o presidente da República.

Pediu ajuda a Bahia, poriam na rua os cacarecos da mulher. Vendo a quantidade de livros, Bahia o aconselhou a pensar duas vezes:

– Tem costas quentes. E com tanto livro tem uma sexta-feira de menos.

No décimo mês de atraso, Claudino e Bahia entraram à força, amontoaram na calçada os volumes, o guarda-comida, a mesa troncha da cozinha, a bacia que secava sob a jaqueira dos fundos. A viúva berrava que iam se ver com os amigos do irmão. Apareceu um camburão. Como tinham despejado uma senhora decente, acostumada a honrar suas dívidas? Entraram na viatura aos pescoções, não passavam de um crioulo e um galego safado. Mais pancada na delegacia do Encantado. Albertina quis visitá-los, o carcereiro a avaliou de cima a baixo:

– Só se for logo mais. Venha à meia-noite.

Quando, finalmente, Albertina conseguiu vê-lo, comunicou que não tinham como pagar advogado.

– Passe o burro nos cobres – autorizou, futucando o ouvido com um grampo da mulher.

Na segunda visita, deu má notícia:

– Não sabe da pior. O delegado sumiu com o animal e as maletas. Estamos no mato sem cachorro.

Bahia saiu primeiro. Chegando ao Encantado com advogado mais ordem de soltura do amigo, o investigador exibiu o livro de registros. Nunca estivera ali:

– Pode perguntar até à faxineira. Aqui nunca esteve Claudino ou mané Claudino.

Peregrinando por celas e cafofos, o português foi jogado em Pavuna, Maria da Graça, Triagem, Engenho da Rainha, Invernada de Olaria, outra vez Encantado. Barbudão, sonhava com prédios muito altos em que moravam gigantes cagando leite de coco. Piolhos lhe desciam pelas têmporas, os sovacos tinham virado carne viva, peidava sem parar o feijão esbranquiçado servido num latão lanhado de ferrugem. Adormecia em pé, testa na parede como em sua terra. Quando a vingança dos irmãos de Lima Barreto enfim o esqueceu, um investigador mandou abrir a cela:

– A boneca agora é filha de Israel. Acabou a pensão. Lhe deixaram esse embrulho.

– Quem?

– De burro morreu um perguntador.

Eram roupas, a Bíblia e um endereço.

Bahia não se conformava:

– Você é lá crente de verdade?

Claudino foi morar na subida do morro do Urubu, em frente despencava um riacho. Lavadeiras se debruçavam para enxaguar. Bahia foi visitá-lo, não tirava o olho das mulheres:

– Você lá é crente? Aposto que não dura um mês.

Um dia Claudino explorou o morro. Contou ao compadre que pisara num despacho.

– Perto de cachoeira é de Oxumaré. Quem arriou tem mais sinceridade que você, se fazendo de bíblia.

Claudino conseguiu uma patrícia para lhe fazer a comida. Desciam para o culto dominical. Sabia agora quem era o preto zulu, testa alta, que em nome do Senhor interrompera as borrachadas de praxe, domingo de manhã, na delegacia do Encantado. Irmão Avelino martelava solas durante a semana, pegara o costume de sábado correr os presídios com uma saca de bíblias. Domingo, vestia casimira. De volta a casa ouvia Caruso, tocava violino. Na igreja, a nova mulher de Claudino se irritava com o instrumento:

– Pobre soberbo. De que lhe vale música de branco? Há de ser baiano.

Quando soube, Bahia lhe pediu agastado:

– Não estrague nossa amizade. Não fosse esse baiano aqui, seu marido pedia esmola na Praça Mauá até hoje.

No Carnaval, viram Claudino no bloco de sujo. A mulher subiu nas tamancas:

– Disseste-me que ias ao retiro. Bem senti quarta-feira teu bafo de onça.

A Congregação decidiu excluí-lo:

– Se a tua mão direita te escandaliza, arranca-a fora, Habacuque 1, versículo 3.

O filho da mulher buscava sócio para um açougue na subida do Urubu. Outra vez homem de negócios, Claudino foi morar de frente para o campo do Ypiranga Futebol Clube. Irmão Avelino veio lhe dizer que as portas do templo permaneciam abertas. Fuligento, bebia vinho Castelo ouvindo grilos no campo noturno. Certa noite, Bahia apareceu:

– Tenho uma surpresa.

Uma figura pequena tremia no escuro.

– Se eu fosse você a aceitava. Está cercando cocô em temporal.

Aurora se passou para a claridade. Agora quem tremia era Claudino:

– Por que me abandonaste? Desde aquele dia não tive descanso.

Na manhã seguinte ela explicou que a volta a Portugal saíra-lhe pela culatra, quis se matar, escrevera ao compadre Bahia, este lhe contou que agora Claudino era crente. Na casa da subida do morro, uma patrícia de bigode a pusera a correr:

– Faz de mim o que quiseres. Não precisas usar-me como mulher.

sinuca

Camilo já não esperava rever Sabará quando ele apareceu, em petição de miséria. Um ataque lhe torcera a boca, o glaucoma lhe roubara metade da visão. Trazia a reboque, agora encorpada, a sarará de pernas finas que fodia como gente grande. Pelo visto continuava a chupar dedo. Cansado, pediu guarita por uns dias, ficou cinco anos. A casa, caindo aos pedaços, era a da infância de Camilo, abandonada pela irmã. Sem força e sem amigos, Vinquinho, como o chamavam em garoto, tirava sustento de um emprego que jamais imaginara para si, inspetor de alunos do ginásio em que estudou. Antonino, o herdeiro, seu colega no ginásio, peitou as reservas da irmã ao ex-presidiário que lhe batia agora à porta, manco de uma perna. Valeu a indicação do leal Castoriano, servidor de trinta anos.

Cada manhã, antes de fazer o mesmo caminho da infância, Camilo cata milho numa Royal, compondo progressivamente o *Vida dos Neves*. O serviço da casa fica nas mãos de Sabará e a mulher. Tinham como vizinhos Manuel Claudino e Aurora.

De tardinha, Claudino e Sabará conversam na calçada, carros passam zimpando, despenca fuligem do teto. Dona Aurora espia, vai à cozinha, escarra, dirige olhares maus aos dois homens. Resmunga, a pele cancerosa do braço esfolando no descanso da janela.

– Lembra do Getúlio, seu Claudino?

– Era presidente quando cheguei aqui. Conheci um gigante morador da Praça Mauá, saía no cordão do Bola Preta mostrando a língua em cima dum carro.

– Pois naquele tempo fiz uma viagem a Marte.

Uma Kombi virou à esquerda, iniciando a subida do morro. O português acompanhou com os olhos amarelos:

– Lá vai o pó. O chofer é um PM. Quer me contar essa história de Marte? Nunca vi inventar assim.

– Se começa não acreditando não gasto meu cuspe.

– Não se faça de doente pra receber visita.

– Dois anos e meio levou esse seu criado, Sabará de Lavras, para chegar ao planeta vermelho. A gente ia fazer experiências e voltar. Visitamos os canais, as grutas sem fundo, as montanhas de ouro. Foi num foguete dos americanos. Queriam o petróleo do Brasil e ofereceram ao Getúlio uma vaga na primeira viagem interplanetária. Eu, modesto língua de correio, que lambia porrilhões de estampilhas por mês, ganhei a vaga. Na volta, cadê que o avião levantava voo?

– Avião?! – se tocou Claudino.

– Que é que eu disse antes?

– Que era foguete.

– Ora, seu Claudino. Atrapalhando a história por um detalhe. Me lembra Andrade, um terrorista que conheci. Boa praça, mas não acreditava em nada.

– Desculpe, desculpe – se conformou o velho.

– O fato é que a geringonça não levantava. Tentamos consertar, aliás o mecânico de bordo era esse seu criado.

Nos conformamos em morrer longe de casa. A comida acabou. A água acabou. Um dia vimos um sujeito se aproximando.

– Marciano? – indagou Claudino.

– Não, portuga. Em Marte ia ser o quê?

– Se era marciano não se fala mais nisso.

– O seu mal, seu Claudino, é que o senhor não tem imaginação. O marciano veio deixar comida e gelo pra nós. Comida, antes que o senhor pergunte, eram frutas.

– Abacaxi, banana?

– Como ia ter abacaxi e banana noutro planeta? Me faça o favor.

– Não está aqui quem perguntou. Continue.

– Eram frutas, é só o que posso lhe dizer. Imagine. O gelo se desfazia ao nosso olhar. E não era gelado, era quente. Se transformava num líquido que não era água. Chegado ao mercúrio cromo.

– E o senhor bebeu?

Sabará ignorou a pergunta.

– No foguete tínhamos máquina de transformar qualquer líquido em Coca-Cola. Em água foi mole. Mas o sujeito, seu Claudino, nunca se aproximava. Vinha na hora da ave-maria, rondava, punha a bandeja no chão. Eu saía pra pegar, ele se escondia atrás de uma pedra. Pedra é modo de dizer. Aliás, conto ao senhor um detalhe, em Marte não tem um pé de pau.

– E por que não?

– Ora, ora, meu amigo. Onde já se viu planta sem água, sem ar e sem sol? Só na sua cabeça.

– E minhoca? – fez o português, tímido. – Minhoca não bebe água. Nem papagaio.

Sabará embatucou:

– Se não está gostando, paro. Ficou um ano naquele lenga-lenga. O arrombado tinha quatro metros de altura.

– Quatro metros?!

– Melhor dizendo eram três. Pois aquele dia convidamos ele a entrar. Por gestos, antes que o senhor pergunte. Ligamos o cinema, visse como era por aqui. O Brasil, a Coreia, a Argentina... Achou bonito. Depois um filme de história, do Brasil e geral. O camarada espiava aquelas guerras todas, bordunas, bestas, atiradeiras, lanças, bomba atômica, canhão, R-15. Balançava a cabeçona: "Tristeza!"

– Que cara ele fazia, seu Sabará?

– Imagine. Daí foi embora. Era de dia, o sol já alto.

– Um momento – interrompeu o português. – Lá não tinha sol.

O vizinho engoliu em seco:

– Não tinha um, tinha dois. Mas eram fraquinhos, de forma que não havia plantas. Brasileiros como nós não se aguentariam por lá. O senhor sendo português é igual. Mas não lhe contei a maior. O arrombado só dava as caras de noite. Quando vimos ele de dia foi difícil acreditar. Era transparente.

– Como assim?

– Transparente. Não sabe o que é? A luz passava através do camarada. Como em Marte não tem ar, atmosfera, o que acontecia? Os raios que vêm do Sol matariam do pâncreas os marcianos. Só aguentavam por serem transparentes. Entendeu ou preciso explicar de novo? Cada uma!

O interpelado balançou a cabeça:

– E depois?

– O malandro nunca mais voltou.

– Está bem, seu Sabará. Como é que o senhor voltou pra casa?

– Qualquer dia conto. Seu Claudino, seu mal é a incredulidade. Parece clandestino.

A senhora de Claudino detestava a companhia do marido. No escuro do quarto, o atormentava:

– Maconheiro. Pergunta só por que não tira o chapéu.

Dia seguinte Claudino esperou o outro sentar:

– Não se aborreça. Por que não tira o chapéu?

Exibiu as gengivas sem dente:

– Como dizia Galileu da Galileia, malandro que é malandro não bobeia.

Um Passat buzinou na esquina de baixo.

– É o Caveirinha. Termina com a boca cheia de formiga. Onde foi mesmo que o senhor perdeu a saúde? – Claudino sucumbia com facilidade às histórias do outro.

– No cais do porto. De tanto descarregar saca de café. Em dias de inspiração, mil e poucas.

– E a sua vida no crime?

– Já lhe contei. Só me arrependo de ter tirado a vida da Ângela Maria.

Aquela tarde Sabará trouxera uma tesoura enferrujada. Recortava um papel vermelho de seda:

– É pro meu enterro. Estou pra morrer.

A mulher de Claudino resmungava da janela:

– Maconheiro.

– Sabe onde aprendi a fazer calunga de papel? Na penitenciária, com Nozinho.

Nozinho só existia na lembrança de criaturas muito velhas. Não tinha os dedos das mãos.

– Como Nozinho perdeu os dedos, hem, Sabará?

– Já contei. Viajava para a terra dele quando a porta do avião abriu. Nozinho caiu no mar, ao bater no fundo foi se apoiar na mão quebrou os dedos. Logo ele. O melhor fazedor de balões do Brasil, seu Claudino. Comigo, que sempre fui esperto, fizemos uma firma. Os alemães chegaram a afundar dois navios de Nozinho & Sabará Ltda.

Passavam em frente ao Urubu dois ônibus para a cidade. Um, via Méier, o outro, Jacaré. Sabará fez sinal, meteu a cabeça embranquecida pela porta:

– É Jacaré?

– É.

– Desculpe, pensei que fosse ônibus.

O motorista desceu, lhe arrebentou a cara. Aurora achou pouco:

– Além de chincheiro é folgado.

O marido se solidarizou com o desafeto da mulher:

– Por que não reagiu?

– Pensei duas vezes. E se fosse um pai de família? Sou mau como o falecido Nozinho. Certa vez deu tanto na polícia que o Getúlio convidou ele pra tenente. Preferiu voltar para a terra dos vascos. Antes que pergunte, terra dos vascos é uma coisa, dos vascos da gama outra. Muitíssimo diferente.

– Puta que o pariu. Nunca vi inventar assim. Vocês são campeões de malandragem.

– Não, brasileiro vem em último lugar. Pra seu governo. A Cruz Vermelha mandou investigar quem era mais malandro. Os chilenos tiraram primeiro. Em segundo, chinês. Sabe por que chinês usa trança? Malandragem. Em terceiro ganharam os gírios.

– Onde moram os gírios?

– Na Gíria, onde ia ser, porra? Perto da Grécia. Os gírios inventam palavras que depois correm mundo.

O motorista que surrara Sabará apareceu de olho vazado na caçamba de lixo.

– Esse crioulo desdentado trabalha pro Caveirinha – Aurora torcia a boca, vendo-o colar papel fino na calçada. – Você que não se cuide.

Passou um enterro na hora em que beliscavam mortadela com cerveja preta.

– Quem o senhor acha, seu Sabará, inventou a cerveja?

– Os dálmatas.

Pediu uma caixa de fósforo. Cuspiu:

– Enterro decente era antigamente. Se ia a pé.

Contou ao amigo um féretro de há quarenta anos:

– Em cada botequim, se descansava o defunto, enchendo a cara. No último, uma tampa de cerveja foi bater no caixão. Na volta, encostei numa árvore e dormi. Pelo portão de ferro cinzento só passava brisa. Botei a mão pela grade, chamei de ficar rouco. Cada arrombado que passava saía correndo. Tenho cara de assombração, seu Claudino? Fui dormir.

– Onde?

– No túmulo de um político.

– O senhor sentiu frio?

– Só aquele. Se eu tivesse cinco dentes de ouro, não tinha acontecido.

Tinha razão, a morte lhe rondava os passos. Certo fim de tarde, com um temporal foi-se a energia:

– Chama a Light.

Aurora praguejou:

– Depois é Brizola pra cá, Brizola pra lá. Cambada.

– Quando chegar a merda da Light a novela já era.

– Não tem só novela no mundo.

Claudino coçava a ferida da perna. Aurora forçava a vista no escuro:

– Cambada.

Um fio arrebentado ficara no meio da rua. Sabará apareceu:

– Não tenho nada com isso. Mas é só emendar. Duvidam?

– Duvido – atiçou alguém.

– Aposta o quê?

– Vinte sinucas.

esquecimento

Começado o *Vida dos Neves*, Camilo de Oliveira Santos, Vinquinho na infância, Sapo na juventude, sofreria para depurar as versões. Se impacientava com os informantes:

– Peraí. Você só tinha dez anos quando Bolinha fugiu.

– O pranto de Jeremias não salvou Jerusalém.

– Prefiro que me conte sem floreios.

– Noel a esperou de madrugada perto da estação. Pulou a janela no silêncio da casa. Passou em frente à igreja, usava uma camisa velha sobre a calcinha, foi beirando a linha, o amante com dois cavalos esperava no mata-burro, por ali seguem em direção à caixa-d'água passar a primeira noite. No outro dia, baubau.

– Baubau, o quê?

– Foi de sábado para domingo. A mãe, morta de dor e vergonha, guardou segredo. Qual! Na escola dominical já se sabia. Pastor Cowsert escancarou: "Vamos orar pelo irmão Avelino e a irmã Juçara. Bolinha arrumou um pecado terrível. Queira Deus não recaia sobre sua casa."

– Como sabe que falou assim?

– É de que me lembro. Prefere fantasia?

– Isso dos cavalos cheira a *Em cada coração um pecado*.

– O senhor não viu esse filme, seu Camilo. Nada a ver. É um filme de guerra, ela dá pra ele um retrato que ele põe no bolso, quando atiram, desvia, ele vai pro hospital, mas não morre, no final se encontram na estação, ele capengando como o senhor, com todo o respeito, ela de capa e bolsa. Como vai ter cavalo em filme da Segunda Guerra?

Camilo bate na coxa:

– Meu livro não é romance. Se tiver de inventar, invento eu.

– E eu, me perdoe, economizo cuspe.

– Antes de continuar: por que os pais de Bolinha não queriam?

– Noel era baiano.

O informante narrou a volta de Bolinha, meses depois. Amaldiçoada pelo pai, morou em pensões da cidade, no fundo de um sítio em Pedra de Guaratiba, na Barreira do Vasco, outra vez na cidade, na favela do Jacarezinho, colado à linha de trem, finalmente em Quintino, onde foi vista pela irmã Leonor. Apanhava de Noel. Com barriga parecia mais redonda. No mês de novembro Cowsert viajou para os Estados Unidos, Magalhães adoeceu, Avelino, o diácono, dirigia o culto. Quando observavam que andava triste, respondia, "O coração alegre aformoseia o rosto".

Camilo cansava de romance:

– Estou pensando em lhe dar parceria, Seu Abdias. Invente menos.

Temia os parentes vivos dos Neves. Um pouco de floreio era inevitável. Não se sabe o que disse o general Lee após a batalha de Richmond. Cagando no banheiro de lona, abriu o verbo:

– A merda está feita.

Todo o mundo ouviu. Como uma barbaridade dessas vai entrar na história? Ficou o discurso em que cita Alexandre. O que disse Alexandre? Os reis africanos levavam griôs na guerra. De pé, ao silvo de flechas, anotavam em árabe a batalha como a batalha foi:

– A merda está feita.

Segundo Abdias, naquela noite de domingo em que Avelino, como sempre, fazia o apelo, uma mulher irrompeu na igreja, atravessou o corredor e caiu de joelhos a seus pés:

– Pai, me perdoa.

Avelino deixou as lágrimas correrem:

– "Este é o meu filho amado em quem me comprazo." Isaías 12, versículo 23.

Bolinha levantou os olhos inchados, reclamou:

– Só isso o senhor tem pra me dizer?

Os soluços de Avelino se ouviram na rua:

– Eu sabia, filha, que você voltava. Você é minha.

Se levantaram. Abraçados, entre as duas fileiras de crentes, caminham para a rua cantando o hino 24: "Com glóooo-ooo-ooo-ória/ Glória, glória/ Com glóoria, vencerei."

– Abdias, você inventa mais que o falecido Sabará. Isto é uma cena de *A cor púrpura*, do Spielberg, sobre um romance da Alice Walker. Me ajudaria mais se me explicasse uma coisa.

– Se estiver ao meu alcance.

– Por que os Neves proibiram o namoro de Bolinha com Noel?

– Já disse, era baiano.

– Lei da morte ou do esquecimento, seu Camilo? Decida.

Pensava em contar a história dos Neves, do patriarca aos rebentos espalhados por aí. Livrava-os da Lei Terrível, que está n'*Os Lusíadas*. Uma família suburbana obscura que nunca fora nada, salvo um dos filhos dono de um conjunto vocal. Ezequiel não saíra ao pai, batendo sola, costurando ternos com alfinetes na boca. Esaú da família, foi parar em Goiás, espremido por credores. Obscuros, todos e cada um. Nenhum político, nenhum empresário, nenhum desembargador. Ninguém falará deles além de duas gerações. Só Camilo, se a tanto o ajudar o engenho e a arte.

– O que está em Camões, seu Camilo, a morte ou o esquecimento? O seu livro começa mal.

Com *Os Neves* revelaria ao Brasil a Linha Auxiliar, Triagem, Jacarezinho, Del Castilho, Cintra Vidal, Tomás Coelho, Cavalcante, Magno, Turiaçu, Rocha Miranda, Honório Gurgel, Barros Filho, Costa Barros, Pavuna, Vila Rosali, Agostinho Porto, Coelho da Rocha e Belford Roxo. Não caberia todo mundo, naturalmente. Para livrar os Neves da implacável lei, meia centena de personagens bastava. E a verdade?

– O que está em Camões é "negro vaso de água do esquecimento". Mau começo, o senhor me desculpe.

Equilibraria por tal sorte verdade e invenção que o estudariam em cursos de pós-graduação. Recorreriam a Foucault para destrinchar o subtexto da obra volumosa. Parentes o interpelariam em plena Rio Branco:

– Porra. Como o senhor mente, seu Camilo.

Envergonhado, pediria licença para explicar o recurso literário antiquíssimo:

– Resguardei a verdade. A memória de seu avô está intacta.

– Vai mentir assim no caralho.

Um advogado o procuraria atrás de dinheiro. Camilo explicaria, inutilmente, que não era best-seller. Em Turiassu se desconhecia que o autor só leva 10%?

– Somando tudo não se compra um carrinho de mão.

O juiz mandaria apreender a edição, o editor o levaria a um congresso de americanistas em Bogotá. Nas livrarias, ao achar o livro, Camilo o puxaria para a frente dos outros, não fosse um balconista dizer que se esgotara.

– Mentiu o quanto pôde. Safado.

Entrevistado por suplementos literários, desnudaria seus processos:

– Fui fidedigno nos protagonistas, nos coadjuvantes inventei. Quem vai lá saber o que disse o general Lee após a batalha de Richmond? Menti um pouco, mas o que é a mentira a serviço de uma verdade? Libertei os Neves da lei do esquecimento.

A bisneta de Claudino, estagiária de publicidade e marketing, nunca lera um livro até o fim. Entrevistada, esculacharia Camilo de Oliveira Santos:

– Passou meu bisavô numa máquina de moer carne. Não veio pobre de Portugal. Antes morou nos Estados Unidos, cadê essa parte? Se a justiça não apreende, terão de nossa família uma imagem rebaixada. Dá nisso. Não se salva nem a descrição do subúrbio, que trata com desprezo. Já perguntou onde mora hoje? Carro do ano.

Não imaginavam o ex-presidiário hesitante entre um romance, todo inventado, e uma monografia histórica, a árvore genealógica em cores, fotos manchadas, fac-símiles autenticados.

– Fac-símile não se usa mais, seu Camilo. Não é por aí.

A irmã, de visita à velha casa da família, um neto pela mão, outro no colo, quis ajudá-lo:

– Conte a história como a história foi. Aqui e ali pode florear.

Camilo espremia a testa. Ao acordar, concentrava as ideias na trave do telhado:

– Se não conto a verdade não me interessa. Para os Neves saírem do esquecimento devem aparecer como foram, se invento não foram eles. Imagina se floreiam a vida do Barão de Mauá, disse isso, fez aquilo, sem documentação. Uma merda.

Temia lhe brandissem o volume grosso na avenida Rio Branco:

– Isso não vale nada. Mentiu pra caralho.

O filho de Sabará, líder do Movimento Negro Unificado, o presenteou com uma biografia de Zumbi. Pouco volume, fotos abundantes, um guerreiro colorido de Alagoas na capa:

– Lá quero isso? Muito floreio.

Na página tantas o biógrafo vai contar o cerco final à Cerca Real do Macaco. Com os inimigos acampados a quinhentos metros, Zumbi ordenara às sentinelas vigilância máxima. De madrugada saiu a inspecionar as guaritas. Pegou uma sentinela dormindo, passou um sabão:

"– Ah, então, tu dormiste?! Pois amanhã seremos entrados e tudo destruído por tua causa."

Sacou da espada e degolou o rapaz.

Balançando na mesma cadeira que fora da avó, Camilo decide:

– Mentira deslavada. Quem ouviu a sentença de Zumbi, que não escreveu nada? Só se foi o pretinho sem-vergonha que perdeu o pescoço. Faça-me um favor.

A bisneta de Claudino lhe atiraria na cara o gosto de mentir:

– Já perguntou quanto tem na poupança? Safado.

Sua *Vida dos Neves* seria límpida. Nenhum diálogo sem testemunha, o fato como o fato foi. No miolo do livro, fotos restauradas, reproduções de cartas importantes: "Amado Irmão em Cristo, Pastor Magalhães. Rogo ao Pai que nos abençoe na campanha do milésimo tijolo..." Contaria a história do clã suburbano para edificação da juventude. Nenhuma criatura fora tão amada e respeitada quanto Avelino. Atravessando o grupo de maconheiros acocorados, davam tapas no ar para dispersar o cheiro:

– Seu Avelino. Como vai a família?

– Como Deus é servido. Passe já para casa.

Valera muito aquela vida obscura, cumpria a Camilo de Oliveira Santos apresentá-la às novas gerações. Publicitários saberiam irradiar a mensagem. Avelino, de terno e Bíblia, irrompendo no baile funk:

– Passem já para casa.

A razão do seu livro, apoiado em rigorosas pesquisas, era moral. Não cabiam floreios. "Amanhã seremos entrados e tudo destruído por tua causa!" Espiritismo. Dispensaria frescuras.

– Não se salva nem a descrição do subúrbio, que trata com desprezo.

Havendo diversas versões apuraria com critério:

– Não tardes por detrás, pois é fraqueza desistir-se de cousa começada. Quem leu os clássicos sabe de quem é isso.

E se o tio alto, devorador de pimentas, ocupando o vão da porta para garantir a inexistência de Deus, não passasse de um tipo mofino, comissário de polícia, espancador de mulher?

– Vai mentir assim no caralho.

Soubessem o que Camilo penou para achar o título. Vida dos Neves continha uma eufonia que, sem ouvido musical, os críticos não notariam. Quem leria o calhamaço? Com recomendação da crítica, o gerente de vendas mandaria enfileirar os exemplares na vitrine, o título era tudo. Aos bons leitores, *Os Neves* lembraria *Os Buddenbrooks* ou *Os Tzibukine*.

– Mau começo.

Neves combinava com a capa que ele pessoalmente escolheria, o primeiro casal, Avelino e Juçara, ladeando o pequeno Ezequiel encarapitado num armário, um arranjo de tulipa aos pés, os culotes de Alice disfarçados, o olhar bíblico do patriarca. Lisura e consagração ao serviço divino foram lição de suas vidas. Pretos de alma branca. Bastava aparecer, os maconheiros davam tapas no ar:

– Seu Avelino. Como vai a família?

Conversa. Do calhamaço não se salvaria nem a descrição do subúrbio. Lá podia se comparar aquilo ao livro de Tchecov? Nem matando, a pequena Ukleievo, escondida numa cova gelada, lembra Tomás Coelho. E a decadência dos Buddenbrooks, mundo interior de quatro gerações, lá se comparava à vida miúda dos filhos e netos de Avelino Neves? O que se pode aproveitar do seu livro é nada vezes nada. Francamente.

– Mentiu pra caralho. É só olhar quanto tem na poupança.

Camilo quis rever o centro da cidade. Passou por filas de ônibus, contornou um sofredor que sem pernas se movia num rolimã, entrou no Passeio Público. Quando Leão lhe mordeu o pé, deixando uma marca feia, fora ali tomar injeção na barriga. Ensinara seu cão a atacar desafetos e, ao pisá-lo sem querer, provou da ingratidão dos bichos. Anos depois, no mesmo lugar, uma decepção de amor, a primeira, lhe pusera no caminho um viado escroto que lhe deu cinco mil-réis. Passado meio século, se sentava no mesmo banco de pedra em que se enchia de coragem para entrar no posto. Um cego lhe deu com a bengala nas pernas.

– O passado não perdoa.

A calçada do cinema estava tomada por camelôs. Se quisesse se virar, ia ao Paraguai, voltaria num ônibus sem placa, toda a noite varando a estrada, um olho acordado com medo do motorista cachaceiro, exibiria na calçada carrinhos a pilha, rádios em forma de sapo, super-heróis com voz esganiçada:

– Hasta la vista, baby.

O mutilado do rolimã veio descansar no jardim:

– Pode me dizer a hora, tio?

As sombras chegavam, mas ainda via um pedaço de Santa Teresa. Há centenas de anos aqui fora um charco. Negras voltariam para casa se equilibrando em tábuas. Por entre coxilhas o ônibus voltaria do Paraguai cheio de muamba.

Leão, presente da avó, o fizera provar a falta de juízo dos bichos. Quando soube da mordida, a velha se mexeu na cadeira de rodas:

– Assim como são as pessoas são as criaturas.

O meio-sujeito do rolimã estaria, a essa hora, entrando no trem para Queimados. Se equilibraria na tábua com rodas, ajudado por colegas de viração:

– Abre aí pro aleijadinho.

Camilo custou a perceber a moça que sentou ao seu lado, bem-feita, escura de cabelos tingidos. Olhou-a com o canto dos olhos, voltou ao seu delírio. Desconfiou que ela lhe dirigia a palavra, não fez caso. A vó era especialista em frases difíceis:

– Assim como são as pessoas são as criaturas.

A moça pensou que Camilo lhe dissera alguma coisa:

– Pode repetir?

Camilo não ouviu. Fora ao Passeio matar saudade, se perdera nas dobras da memória, dobras imensas que o atiravam na infância. A garota se irritou com ele, saiu rabeando:

– Crioulo metido. Pensa que é gente.

Entrou na lanchonete. Ondas de pessoas se sucediam no balcão, engoliam café, uma garçonete recolhia as xícaras, outra lavava, metia-as no panelão fumegante, outra as pinçava com um pegador metálico, nova onda de engolidores de café substituía as anteriores, estas se perdiam nas ondas que varriam as ruas. Não encontrara compreensão na vida, fazer o quê. Na sua vez, a engolidora ao lado o reconheceu:

– Não diga que não se lembra. Você era terrível.

– Engano seu, dona Edite. Eu era quieto.

Na calçada, acotovelada por passantes jovens, abriu o coração:

– Esse cabelo branco e essas rugas, devo a vocês. Sabe por que aturava a sua turma? Meu marido tinha câncer no duodeno. A mamãe aqui trabalhava pelos dois. No recreio, enquanto vocês comiam sanduíche e Coca-Cola, esta aqui comia pão sem manteiga e uma banana. Devo a vocês.

Tirou da bolsa preta, que Camilo reconheceu, um papel almaço:

– Quem tem câncer agora sou eu. Herança do Nazaré. Compra uma rifa. Camilinho, ajuda sua antiga professora. Você era terrível.

a caçamba

Caveirinha pagou o enterro de Sabará. No velório, João Carlos apresentou uma adolescente a Camilo:

– Minha irmã caçula.

– Quantos filhos teve seu pai?

– Conheci doze.

Sabará vivera em tantos lugares que João Carlos desistiu de avisar aos irmãos. Arrastando a perna de elefante, apoiado em Bahia, Manuel Claudino apareceu no velório. Não sabendo gestos de carinho, dava petelecos na face do morto:

– Morreu para os vizinhos não perderem a novela.

A kombi de Caveirinha seguiria levando droga para o morro, à noite seu Gol turbinado, funk a todo volume, acordaria a vizinhança. Espiando da janela, a mulher de Claudino sorriria feliz com a solidão do marido:

– Nunca fui com a cara do tal de Sabará. Maconheiro e folgado.

Diria cobras e lagartos da sarará de pernas finas:

– Antes do marido morrer já dava pro Caveirinha. Trabalha pro movimento, a tribufu.

Pediram a Camilo que velasse o morto de madrugada, os filhos retornariam pela manhã. Da porta da capela via piscarem ao longe as luzes do Irajá. Do campo de futebol, mais perto, só se via o alambrado, arrombado em muitos pontos. Se lembrou de certo jogo em Turiassu, a primeira vez em que se atracou com Crioulo Biguá, cinquenta anos atrás.

Sabará inventara para si uma outra vida. Matara Ângela Maria, viajara ao planeta vermelho, a mando de Getúlio. Menosprezado por Luís Carlos Andrade, não guardara rancor. O comunista fora visitá-lo, se afogou no açude de Lavras Novas. Sabará nunca deu nada aos filhos, não tinha nem provocava saudade em mulher. Camilo quis alisar a testa fria do amigo:

– Quem tem amigo é mulher de zona – se lembrou de uma de suas sentenças, recolheu a mão.

A alegria de Sabará não lhe pertencera com exclusividade, maneira de viver dos bichos da terra tão pequenos. Não uma alegria plana, mas uma montanha voejada por urubus que se avistava de todo lugar, devolução de tudo o que sofriam e gozavam, rio de outra dimensão que, ao entrar no mundo real, se retorcia e brilhava. Na terra tanta guerra, tanto engano, não haveria um lugar onde se pudesse acolher um fraco humano, abrigado do Céu sereno, vila no interior de Minas, onde se enterrou o Diabo, mansarda no cabo Gardafui, junto de um seco, fero e estéril monte.

– Isso é de *Os Lusíadas*. Viadagem.

Pela manhã voltaram a se movimentar as capelas. Chega a coroa da comunidade do Morro do Urubu, mandada se sabe por quem. Vendo o velho sozinho fitando o caixão, parentes de outros defuntos lhe estendem mão:

– Meus pêsames.

Pêsames de fodidos, um que vira a diabete mutilar o pai até o tronco, outra que perdera o caçula num julgamento do tráfico. Na seleta escolar, que guardara anos num caixão de banana, um poema contava a peregrinação de são Francisco e frei Leão na neve, tornando a Santa Maria, com fome e frio, "Se chegarmos ao nosso convento e batermos, depressa esperando entrar,/ E o porteiro do lado de dentro ao invés de abrir se puser assim a falar,/ Quem sois vós que assim importunos, nesta hora nos incomodais?/ Somos nós teus irmãos frei Leão e Francisco que chegam e querem entrar,/ E se o porteiro disser que é mentira,/ Sois salteadores, encontrem outro lugar, /E se nós, diante da porta fechada, na noite e na neve, o perdoarmos, eis a suprema alegria,/ Mas se insistirmos, tremendo de fome e frio, que abra pelo que é mais sagrado, e ele tomar um bastão e sair a gritar, e bater em você e em mim, fazendo correr sobre a neve nosso sangue, e pensarmos que foi Deus que assim quis, então, frei Leão, isto é a suprema alegria".

– Conversa de crente.

Quando menino, sonhou que chegava ao Céu:

– Espere um momento, Vinquinho. Aqui não é casa da sogra.

Reparou na fileira de cabides com lençóis brancos.

– Vista-se.

– É brincadeira. Lá sou fantasma pra vestir lençol?

– Meus pêsames.

Perseguido pelo Céu sereno, Sabará não teve em qualquer lugar segura a curta vida. Alguém, embuçado nas nuvens, esperava a hora de buscá-lo, mas a este não pedira prorrogação. Em Lavras, trepando com a sarará de pernas finas, sofrera um ataque:

– Quando estive com o Homem – garantia a Camilo – vi teu nome no primeiro lugar da lista. Na base do papo passei você para o final. Não precisa agradecer.

Sabará ganhou bolo dos filhos no próprio enterro. Capengando entre cruzes caiadas, Camilo de Oliveira Santos recitou na orelha da viúva:

– Nem caminho deixam para quem lá dorme. Olha que te levam para o mesmo lado de onde o sino tange numa voz de choro. Foge das cobiças dessas fundas valas.

– Pior que é.

Entre metralhadoras e lança-rojões, a sarará que o morto trouxe de Lavras continuará a foder como gente grande. Não farão poemas a sua fronde loura. Compreendia, agora, o que dizia Castru:

– Os pobres só têm a vida real.

Uma semana depois, Camilo foi acordado com batidas leves na janela. Era a sarará:

– Caveirinha mandou chamar o senhor.

Dos últimos trinta anos, Grilo Magrela conhecera oito de liberdade graças a duas fugas. Símio Gongo e Centelha já tinham morrido, ele se preparava para uma velhice evangélica. Se imaginava em templos simplezinhos, no meio de favelas, incinerando exus:

– Queima agora, pelo sangue de Jesus!

Meninos sacaneariam: "Aleluia, comida no prato, farinha na cuia."

A irmã em Cristo que, primeiro, o salvara das drogas e, depois do mundo, foi esperá-lo na saída da penitenciária. No ponto do ônibus, desceram de um Gol preto três colegas:

– Jesus está chamando só ele – ainda fizeram graça com a mulher. – Rapa.

No alto do Urubu, por trás do terreiro da Gaúcha, conduziram Grilo Magrela algemado pela trilha do Índio. Desceram por um caminho pênsil, colado à pedra em que se avistavam, nas saliências, placas de sangue, fiapos de roupa. Do abismo emanava a luminosidade dos ossos.

Foi largado aos pés de Caveirinha:

– Sabe quem é este? O neto de Mariângela.

Grilo Magrela sempre esperou por aquela hora. Não era velho, mas, amarelo e careca, parecia um ancião. Estremecia de tempos em tempos com a passagem da morte. Ao algoz só pediria uma coisa. Criança, mijava na cama sonhando com a lama branca do abismo, em que rastejavam leões-marinhos:

– Só peço que não me joguem lá embaixo.

Era quase noite.

– Aqui é o micro-ondas – disse o chefe. – Vai ganhar um tiro no pé pra tu não fugir.

– Não precisa – pediu Magrela. – Por tudo quanto é sagrado, não me jogue lá embaixo.

Com o impacto do tiro, rodou e caiu de borco.

– Vem aí uma pessoa ver tu. Não morre antes.

De madrugada, a sarará chegou com Camilo.

– Pior que é.

O lugar cheirava a sangue podre, merda humana e churrasco. Caveirinha recebeu Camilo com um prato de carne e cerveja. Do outro lado do Urubu, a batida do funk subia e descia com o vento.

– Desculpa aí – o soldado enfiou um pedaço de carne na boca de Magrela, já sem uma orelha.

Camilo só viu Grilo Magrela no chão quando um soldado lhe chutou a perna baleada e ele gemeu. Não quis olhar:

– Não conheço essa pessoa.

– É o filho da puta que barbarizou a mulher de tu, minha avó Mariângela.

– Que tenho a ver com isso? Entregue a sua avó – e, pela primeira vez, decidiu olhar o condenado que sangrava.

– Minha vó é crente, tio.

– Também sou – disse Camilo.

– Porra, eu trago o alemão aqui e o senhor não quer nada? – Falava baixo, ao contrário dos soldados. – Era mulher de tu na época e o senhor não quer nada?

– Quero – Camilo recuperou o sangue-frio. – Manda ele embora.

– Não anda mais – Caveirinha usava um tênis enorme e tinha voz de criança. – Quem não morre não vê Deus.

– É tudo o que lhe peço. Isso é um fodido.

– Pra eu não vale nada – concordou Caveirinha. – Chamei o senhor pra quebrar ele, e agora tu não quer? Se não quer, quebro eu.

– Deixa eu levar ele pro Salgado Filho – pediu Camilo, se aproximando pra ver Magrela de perto.

Dois soldados ajudaram a levantar o moribundo. Apareceu uma padiola, Camilo foi atrás. Caveirinha acendeu um charo. Queria terminar o assunto pra ir ao funk. O sangue de Grilo Magrela chegava ao fim.

Quando amanheceu, Camilo voltou ao Urubu. Angustiado, bateu em casa de Castru. O treinador amanhecera bom da cabeça. Fez café:

– Ideia de jerico. Tem trinta e cinco anos e quatro meses que pegaram minha filha. Ninguém lembrava mais.

– Qual filha, Castru. O tal de Grilo Magrela botou fogo no morro e esculachou foi Mariângela, minha mulher. Não foi sua filha.

– Mariângela é minha filha. Caveirinha, filho de Getúlio, é meu neto.

Naquele tempo, Biguá lhe anuviara um olho e lhe esmagara o pé, mas não se lembrava de sua cara. Com esforço, trazia à cabeça o cabelo de índio, as pernas arqueadas que espichavam bolas em profundidade:

– Aí, Sapo. Não faz se não quiser.

Biguá cismava de repente com um colega e o enchia de porrada. Na classificação de Castru, pertencia ao segundo grupo dos bichos da terra, os que querem morrer cedo. Caveirinha, pertencendo ao mesmo grupo, é safo. Comerciante, negociava bola de gude chupando dedo. Levar recado, só pago. Não cultiva inimigo. Comia churrasco sobre a agonia de Grilo Magrela:

– Barbarizou foi mulher de tu. Pra eu não vale nada.

Caveirinha, filho de Getúlio, se encontrasse a avó, Mariângela, não a reconheceria:

– Cuidado aí, tia. Pode encontrar a galera do Terceiro Comando.

Na penitenciária, sabiam que Grilo Magrela devia uma à família de Caveirinha. Ganhando liberdade, teria de pagar. Por honra da firma:

– É comerciante.

Deixou Camilo levar o que restou de Magrela ao hospital, posta de sangue sem orelhas. Camilo não conhecera Magrela, matara Biguá mas não se lembraria da cara de seus amigos. Mariângela sumira do Urubu. Perto dos setenta anos, caduca, sem alma pra cantar, recitava versículos na igreja batista de Cintra Vidal, de frente para a congregação, os dedinhos cruzados no regaço, *O senhor é o meu pastor, nada me faltará, deitar-me faz em verdes pastos, guia-me mansamente às águas tranquilas*.

– Cuidado, minha tia. O que tem mais aí é bonde do mal.

Camilo se sentiu traído por Castru. Então, vinha lhe contar, depois de velho, que era pai de Mariângela? Segredo de meio século. Descendo o morro, cruzou com Grace Kelli, viúva de Getúlio:

– Quer dizer que a senhora é mãe do Caveirinha?

– Meu filho se perdeu, mas tem nome. É Antônio Carlos da Silva.

Ele, ao contrário, não tivera segredos para o outro. Há muitos anos, quando eram aluno e inspetor, Castru o agarrou na porta do colégio:

– Quem escreveu na porta do banheiro que Dulce era amante do diretor?

– Eu, seu Castru.

– Já sabia.

Quando apareceu, no morro, fugido de casa, Castru fizera uma só pergunta:

– Qual foi o babado?

– Desgracei minha família.

– Tem essa cama aí, dura, boa pra tua idade.

Arriscando a reputação e o emprego, mentia para a direção do colégio:

– Vai saber onde esse capeta se meteu. Não descanso enquanto não encontrar.

Não hesitava em barrá-lo na escalação do Ypiranga:

– Futebol é conjunto.

Dera a senha para matar Biguá:

– Há bichos da terra que querem morrer.

Pai de Mariângela, segredo exclusivo da torcida do Flamengo. Descendo o morro, por muitos anos Camilo passara recibo de idiota:

– Do que se sabe, não é preciso falar – ouvira o outro dizer.

Se fosse atento, veria que no andar Mariângela era a cópia de Castru. Partiam pão do mesmo jeito, punham-no de pé, abriam na vertical para a manteiga. Castru, de verdade, não lhe mentira.

– Traição. Nunca foi meu amigo.

Manhãzinha de sábado, como não fazia havia anos, o velho desceu o morro e bateu na casa de Camilo:

– Vamos à feira.

Desde a execução de Grilo Magrela, a caduquice o deixara. Brincou com o peixeiro:

– Quando eu crescer, quero ser peixeiro.

– Não diga isso, seu Castru. É a profissão do id.

Adiante, Camilo quis saber o que o outro dissera.

– Psicanálise – esclareceu Castru.

Na prisão, Camilo lera a vida de Freud.

– Lixo – sentenciara Luís Carlos Andrade. – Os fatores sociais para ele não contam.

Anos convivendo com um sujeito cheirando a peixe, de avental e faca de estripar, sem desconfiar da sua inteligência. Exercia a profissão do id. No consultório de abajures altos, sem murrinha, pescaria segredos de madames, desejos pelo pai, traumas profundos, complexos cabeludos, taras hediondas, que interpretava depois, limpando robalos.

– Pior que é.

Intrigados, voltaram à barraca do peixeiro:

– Profissão do id, como assim? – perguntou Camilo.

– Está na Bíblia. Cristo reuniu os discípulos e ordenou: "Ide e pregai o evangelho a toda criatura." Eram peixeiros.

Desacerto. Em outra ocasião, achariam graça. Idiomas diferentes. Castru tinha vocabulário desde menino. No Recife, a patroa o apontava para diminuir os filhos, depois recuava, buscava reduzi-lo a moleque da cera Parquetina.

– Ide e pregai o evangelho a toda criatura.

Não era o que pensaram. No máximo, o peixeiro leria *O Dia*, ao balanço do trem, uma olhada na primeira página dos jornais pendurados na banca. Da Bíblia conheceria quatro ou cinco passagens ensinadas pela mulher, a cura da menina que tinha uma das mãos mirradas, o medo de Samuel, chamado por Ele no meio da noite, a mulher de Putifar.

Num extremo da feira ficava a caçamba enorme de lixo.

– Vai ver o corpo do Magrela continua lá. Tinha medo da pedra.

– Impossível – disse Castru. – Não se aguentaria o cheiro.

Camilo teve medo de que o velho apresentasse aos barraqueiros a questão da vingança. Ele matara Biguá, seus colegas esculacharam Mariângela, Caveirinha sangrara Magrela até o fim. Dois a um, não contando o olho e o pé que lhe tirara Biguá. Bichos da terra. Castru percorreu a feira nos dois sentidos sem nada perguntar. Há dias estava lúcido. Perto da caçamba, abriam uma melancia, ofereceram:

– Prova, seu Castru. Está vendo esse sangue aí? Presunto na caçamba. Uma merda.

Os fregueses começavam a chegar, ainda se pregavam ripas, levantavam toldos, o funk do Urubu ia e vinha com o vento. O vendedor de jornais começava a ronda:

– Estuprou a sogra de 70 anos e matou as duas filhas! Romário voltou ao Vasco! Modelo achada morta em apê de Belô!

O velho não sabia o que perguntar. Pela segunda vez voltavam ao começo da feira.

– Vamos bramear – sugeriu Camilo.

Lhes puseram na mão um panfleto eleitoral:

– Está tudo aí, o jornal e esta merda – Castru, irritado, jogou-o na caçamba em que estivera Magrela.

Finalmente, confessou a Camilo que viera propor aos feirantes uma questão:

– O amigo aqui, Camilo de Oliveira Santos, escreve um livro sobre uma família obscura do bairro. Vale a pena?

Entre o primeiro e o segundo copo, deu um palpite:

– Põe o nome do teu livro *A caçamba do final da feira*.

revelação

— Vinquinho – a irmã nunca deixara de chamá-lo assim –, tenho uma grande amiga pra te apresentar. Irmã em Cristo.

Tentava arrastá-lo para a igreja. Com pastores jovens, fervorosos, ampliado o batistério, derrubada a varanda dos Embaixadores do Reino, onde fora feliz, haveria de sentir agora, sexagenário e coxo, o toque da graça.

– Para Deus, sou caso perdido.

– Pra Ele não há caso perdido. Não vê a Mariângela? – esta a nova amiga. – Piranhou, piranhou, agora é de Cristo. No fim da vida, o Senhor me deu esta amizade de presente. Somos unha e carne.

Camilo não se surpreendeu. Mais cedo ou mais tarde a ex-mulher e a irmã se encontrariam. Na prisão, insone, imaginou-as trocando receitas. Tinha medo, porém, de se defrontar, antes de morrer, com a mulher estranha, que o abandonara na prisão.

– Quero que se conheçam. Domingo, depois do culto, Mariângela vem almoçar comigo.

– O que você falou de mim?

– Que tenho um irmão assim, assim. Não queria te conhecer. Mas vem.

Pediu cozido, que a irmã aprendera com a avó.

Mariângela caída, o corpo começando a dobrar, cabelos ralos e brancos. A irmã logo viu que se conheciam.

– Tem muitos anos – falou Vinquinho, suando.

Mariângela, que parecia lesa, estremeceu:

– Não me lembro do senhor de jeito nenhum.

– Está bem, Mariângela, me enganei – se resignou ele, com ironia.

A irmã, como no passado, pressentiu desgraça. Pegou a velha caixa de retratos que fora da mãe:

– Quis te fazer uma surpresa, Vinquinho. Vocês dois têm o mesmo pai.

Pôs na mesa, como as cartomantes, o retrato do homem com a camisa do Botafogo:

– Essa do lado é mamãe. O pai de vocês se chamava Marujinho. Sumiu você era criança. Já eu e Camilo somos irmãos apenas por parte de mãe. Você e a Mariângela, só por parte de pai.

Não se mexeram, até que Camilo puxou o pé e se levantou para escapar. Com uma das mãos na moldura da porta, gritou pela última vez com a criatura que chegava ao fim da vida recitando salmos:

– Se você sabia dessa merda, por que veio aqui? Pistoleira.

– Sua vida é uma desgraça – sussurrou a irmã, se encostando à parede. Compreendera tudo.

– Pode achar o que quiser – se defendeu ele. – Vou sumir no mundo.

– Torço pra que não tenham tido filhos.

– Fique tranquila. O que houve entre mim e esta mulher morreu.

Saiu da casa direto para o Urubu. Onde fora o campo do Atlético havia uma fábrica. Suspenso o tempo, as retinas nada registravam. Passou pela porta de Manuel Claudino, agora sem Sabará. Da janela, Aurora comentou com o marido para que ele ouvisse:

– É outro que trabalha pro tráfico. Deixe estar, jacaré.

Nunca mais queria ver ou pensar naquele homem. Não quisera saber do filho, largara a mãe na miséria. Aquela noite em que o desconhecido lhe cegara um olho e aleijara a perna, ia lhe contar o segredo? Só que não era o seu, era o de Mariângela. Nenhuma revelação lhe reservara o filho da puta. Falaria apenas de Mariângela: "É minha filha. Se reparar é minha cara cuspida e escarrada."

Só ele não tivera pai. Marujinho é nome de homem? A mãe fora um poço de mágoas:

– O falecido nos largou no mundo.

A avó corrigia:

– Te ajudou muito. Fale a verdade.

Se soubesse que o Sapo era seu filho, Marujinho-Castru iria ao cartório registrá-lo, Camilo de Oliveira Santos, pai Castoriano de tal, avós tais, testemunhas Fulano e Cicrano. Quando lhe trouxesse um livro de presente, ouviria a confissão do filho mau. Se fugi de casa, foi pela consciência pesada. Praticara crimes, a conversão fingida, expiada no meu lugar pelo sangue do marginal no batistério, a fuga de Bolinha, que o levara ao pecado, na Lapa, no dia do Senhor. Enganara a mãe:

– É o prêmio do Vinquinho, primeiro lugar no ginásio.

– Isso lá é crime? – diria Castru, lhe passando a mão na cabeça.

– Não lhe contei o pior. Fugi de casa porque comi um viado.

– Está bem. Não vá comer sua irmã. Pra seu governo, se chama Mariângela e canta na noite.

Castru talvez não soubesse que era seu filho desaparecido. Largara sua mãe grávida na pensão do Vasco da Gama. O segredo do pai era Mariângela, não era ele. Aquela noite em que Crioulo Biguá o aleijara, eis o que lhe ia dizer:

– Mariângela é minha filha. Se gosta de mim, trate ela bem, ou te cubro de porrada.

A mãe, chegada do Norte, conhecera Marujinho no apogeu da carreira. Todo o mundo era Flamengo ou Vasco, ou Fluminense, só ele, Vinquinho, Botafogo, por causa do retrato que a irmã lhe arrancara da mão. Debochado em criança por culpa de quem o abandonara. Sem saber quem era ele, o pai lhe dera conselhos, lhe apresentou o Gigante Adamastor, Lola, a argentina de Ilhéus. Se soubesse, não teria dois beliches no barracão, só teria o dele, não mandaria guardar seus livros num caixote de banana:

– Olha aqui, filho. Te comprei uma estante.

Ao amanhecer, percorreria a feira com o braço do pai sobre o ombro:

– Pobre vive de alegre. Eu e meu filho gostaríamos de saber o que acha o amigo desse ditado?

Não sabia como odiar aquele homem delicado. Quanto mais perto chegava de vê-lo, mais longe o sentia:

– Arrombado.

Tinha raiva pela distância em que se achavam desde a hora em que o soubera seu pai, medo de lembrar que comera a irmã: "Angustia, de no tenerte más."

– Merda federal.

Por que Castru não chamava Mariângela de filha, se todos sabiam? Arranjara bolsa no Ginásio Cavalcante para o neto, Getúlio, como se fosse afilhado. Preparou-o para o concurso de cabo PM. Adiantou? Getúlio foi expulso por dar fuga ao próprio filho, traficante. E quem era? Caveirinha, neto de Mariângela, bisneto de Castru, no crime desde os treze anos, não jogava bola. Não conhecera campo algum, só a quadra de cimento onde fora, um dia, o campo do Tita Procissão. Soltava pipa de tênis importado, bermudas na canela. Empregava mestre Ziza como olheiro. Protegia o bisavô:

– Aí. Se meteu com o velho, já era.

O bisavô não falava com ele:

– Pra mim é cocô de cabrito.

Na porta do supermercado, linchavam um ladrãozinho descalço que pagara compras com cheque furtado. Castru se metera:

– Vão bater no dono do cheque.

Um vizinho puxou o velho da confusão:

– Tem que morrer, seu Castru. Não defenda ladrão.

Com olhos vermelhos presenciara o linchamento do sujeito:

– Em defesa da exploração tiram as vidas de si mesmos. Estão abaixo de bichos da terra.

– Vamos subir, seu Castru. Já chamaram o Caveirinha.

– Pra mim é cocô de cabrito.

Expulso da PM, Getúlio foi motorista do próprio filho até cair numa guerra contra o Jacarezinho. Sua mãe, que cantara muito, agora recitava salmos, fraca da ideia, à frente do coro. Subindo o Urubu para ver pela primeira vez o pai, Camilo passou pelos soldados de Caveirinha.

– Fala tu, meu tio.

alegria

O pai de Said Fuad se estabelecera na estrada da Portela quando aquilo ainda era mato, poucas casas agarradas em torno a fabriquetas de tecelagem, ferrarias do tempo do rei, carvoarias e um abatedouro. O seu negócio eram fábricas de móveis, de que chegou a ter cinco, duas só em Madureira, mas também faturava em agiotagem, o que o aproximou de especialistas em ameaças, apertos, sufocos, prensas, sacodes, recados, avisos, sugestas, toques, sapeca-iaiás e execuções sumárias, um dos quais, cabo Devair, também seu guarda-costas, seria padrinho de Fuadinho. Devedores renitentes costumavam ser achados nos mata-burros da Central, cortados na garganta, porretados na cabeça, enforcados a lençol, balançando dias e dias no pequeno abismo sob os trilhos, até que pedaços de carne mole fossem sendo arrancados por urubus ou o lençol podre os deixasse, enfim, despencar no fundo de lama e pedras de fogo. Ao lado, a marca dos cobradores de Fuad, um papelão pardo com a inscrição "DEVO, NÃO NEGO". Fuad era pacato, divertido, dedicado à família, amigo dos amigos, sem saudade da terra, sem tristeza pelo que lá ficara, mãe, pai, irmãos, avós. Tinham origem cristã ortodoxa, mas em casa só a mulher, dona Seninha, Senaia na pia batismal, praticava, a quatro paredes, ritos episcopais. Fuad conservou, até morrer, dois hábitos que envergonhavam os filhos: comer cebolas cruas inteiras e usar meias de lã até quase os joelhos, por sob as calças, fosse qual fosse a temperatura do dia.

No fim da vida, o sírio reduziu os negócios a uma única loja de tecidos na rua principal, por onde já então tudo passava, gentes, serviços, arranjos, transações, piranhagens, trambiques, virações, contos do vigário, pregações, jogos do bicho, agenciamentos, acertos, contas de chegar, campanas, baús da felicidade, pinotes, buquemêiqueres, ladroagens. Quando fez sessenta anos, quis se dar um presente, ele e a mulher viajaram de transatlântico branco à terra natal. Encarregou o caçula Fuadinho, que o ajudava na loja, dezessete anos, da documentação, compra de passagens, reservas em hotel, rotas de viagem, roupas para o frio, presentes etc. Quando o navio largou a Praça Mauá, acenando no cais para o filho e o guarda-costas, os olhos do velho choraram de gratidão e orgulho. Já podia morrer. Em Alexandria, última escala, o comandante lhe deu péssima notícia. Os bilhetes do casal só chegavam até ali, para continuar teriam de tirar complementos. Fuadinho teria se enganado, se enganara ou o enganara? O assistente, um galeguinho que os tratara com delicadeza durante a viagem, sempre pronto a traduzir, a informar, a relevar as chatices de dona Seninha, sumiu. Fuad, enraivecido, quis desembarcar, mas o barco, de todo o jeito, só o pegaria na volta, se desesperou, xingou, e, com a pressão a vinte por doze, pagou os olhos da cara. Aquela noite, antes de pegar no sono, enquanto a mulher chorava num canto, se convenceu de que o filho não prestava.

No exército, Said Fuad Filho aqueceu os músculos em novos trambiques. Vendeu joias falsificadas a oficiais que precisavam fazer presença às esposas, terrenos na mais bela praia do litoral norte-fluminense, que eram da Marinha, títulos de capitalização da própria carteira previdenciária das forças armadas, falida havia trinta anos, mas quando vendeu, "preço de pai para filho", uma cozinha inteiramente aparelhada, da geladeira ao tapete, a um tenente que casava e recebeu, ainda na lua de mel, a polícia para tudo carregar como receptação de roubo, foi expulso, não sem antes conhecer o inferno da Polícia do Exército. Ali lhe tatuaram um L de ladrão nas costas da mão direita, que lutou o resto da vida para suprimir ou esconder.

Foi escrever bicho para Natal, amigo do velho Fuad. Ardiloso, encontrou sua cara-metade no cabo Devair. Subiu na contravenção, era político, brigava com um de cada vez, não movia uma peça sem antever as jogadas seguintes. Casou com uma sobrinha do grande bicheiro e teve como presente nupcial os pontos de Cavalcante a Inhaúma. Aos trinta anos, baixo, largo de tórax como os sírios, quase bundudo, pegara o tique de rodar sem parar um lápis nos dedos da mão direita, agora com uma fina película ortopédica para esconder o L. Cabo Devair trazia sempre de reserva na capanga, junto com a arma, meia dúzia de lápis e um apontador. Fuadinho tinha uma tara, mulheres tuberculosas, que, desde menino, acreditava melhores e conservara um único amigo do grupo escolar, o arquiteto Rui Roberto de Guimarães José, eterna cara de menino, bem vestido, brigão sem causa, lavador de dinheiro sujo. Corajoso o bastante para se opor a Natal na diretoria da Portela, Fuadinho recebeu conselho do próprio:

– Funda a tua agremiação, porra.

Rui lhe falou num bloco decadente, o Alegria do Urubu, na quadra do Ypiranga. Puseram ordem e dinheiro na agremiação, com nove anos era escola de samba. Rui prometeu que em 2000 passariam ao grupo especial, contrataram os melhores em tudo. Ao lado do carnavalesco Luizinho, tirado da Estácio, puseram uma mulher que Rui conhecia da infância e reencontrara na quadra da Portela. Merienne tinha na cabeça um enredo difícil e original, "Lailat al-Miraj: um Brasil muçulmano, justo e feliz". Fuad, que não era besta, pediu que tirassem o muçulmano do título, mas, numa reunião em que cabo Devair apontou cinco ou seis vezes o lápis, cedeu.

Merienne P. von Klemn sempre fora pequena e magra. Com o suicídio do pai, que fora a primeira a ver balouçando de uma corda no fundo do corredor, a mandaram para a casa da madrinha; na universidade foi morar sozinha. Em 1969, trocou o partido comunista pela Vanguarda Popular Revolucionária, colaborou com sequestros, fugas de companheiros, expropriação de bancos, execução de torturador. Seu cabelo natural era louro, crespo, os olhos azuis, mas foi caçada como a Morena Mignon dos Assaltos. Caiu num aparelho em Laranjeiras, mas o comandante da patrulha a reconheceu imediatamente: "Você sempre foi comunista, Merienne", disse, antes de lhe dar um tapa. "E você sempre foi filho da puta, Rui Roberto de Guimarães José." Ele mandou que a pusessem na janela, meio corpo pra fora: "Sua vida depende de mim. Quero ponto e aparelho agora, ou se espatifa lá embaixo." Ela disse que falava, calculando que podia despertar alguma compaixão no antigo colega. Sofreu muito, foi preterida na troca de presos pelo embaixador alemão. Quatro anos depois, em liberdade, voltou aos cabelos crespos, os seios pequenos cresceram um pouco, as omoplatas afinaram ainda mais, os olhos ficaram translúcidos, o nariz, que na infância a atormentara, "Maria Nariz" diziam, agora se compunha melhor com o todo. Cabelos a *la garçon,* vestia desleixado, jeans surrados, nenhum brinco, nenhuma pintura. Aos quarenta anos, voltou à universidade para completar o curso de arquitetura, aos cinquenta era mestre em antropologia pelo Institut für Sozialforschung, de Frankfurt, com tese sobre comunidades arcaicas no espaço urbano. Em Sulzbach, conhecera uns sobrinhos-primos do pai, deu aulas para brasileiros no Goethe Institut de Munique e, atrás de si mesma, retornou à antiga casa da família em frente à subida do Urubu, numa esquina em que outrora havia o açougue de um português por nome Claudino, ou Avelino, ou ainda Galdino. Merienne usava agora óculos de aro preto, fino, os cabelos começavam a amarelar. Não era exatamente bonita.

No curso de arquitetura reencontrou o tenente que a prendera e, reconhecia com embaraço, a poupara. Sem cinismo, Rui Roberto lhe pediu perdão pelo terror e as porradas, nunca a jogaria do apartamento, jurou que nunca fora das equipes de interrogatório, só de captura, ela fez que acreditou. Pedira baixa, fora espionado um tempo, vivia de gerenciar barracões de escola de samba, mas, querendo passar a exposições em convenções, feiras internacionais, megaeventos em grandes espaços, precisava do diploma. Ela devia se lembrar, no colégio era bom em desenho e geometria. Merienne se preparou para denunciar a presença do torturador na universidade, mas Rui Roberto desapareceu. Ficara com seu cartão, passou a vontade de persegui-lo e, quando o reencontrou, certa noite em que levara à Portela um amigo alemão, Karl Martin, lhe estendeu a mão com leve tremor. Rui Roberto era diretor de eventos da escola, a fez sentar no camarote de Natal, lhe apresentou o sócio, Said Fuad Filho. Tinha cabelos grisalhos, mas a cara continuava de menino valente, admirado desenhista de gibis que um outro colega, Camilo de Oliveira Santos (Merienne lembrava dele com um incômodo) escrevia.

Naquela noite, a Morena Mignon dos Assaltos sentiu voltar um antigo prazer, jogar com homens. Eram três estilos diferentes, Fuad, o cafajeste escroto, Rui, o cafajeste macio, Karl Martin, o sonso medroso. O cafajeste não se deitava com mulher velha, o sonso não se deitava com ninguém. Karl Martin, quando vinha ao Brasil, se hospedava com ela e toda noite Merienne deixava a porta do quarto entreaberta com o aviso "Se precisar de alguma coisa, vem me acordar", uma vez se levantou de calcinha e deitou ao seu lado, ele reagiu bem, mas no dia seguinte sua voz esteve rouca, falsa e, quando pensou que fossem repetir a noitada, achou um bilhete carinhoso sobre a cama: Martin telefonaria de Copacabana, antes de embarcar para a Bahia.

Dois meses depois, Fuadinho deixava a Portela e, com ajuda de Rui, transformou o pequeno bloco do morro no Grêmio Recreativo em Escola de Samba Alegria do Urubu.

Direito de chefe, dormia às sextas-feiras na casa da mulher que considerava velha.

Quando lhe descreveu o enredo tomando cerveja em banquinhos incômodos no Mercado de Madureira, Martin fez à amiga uma única sugestão:

– Por que não bota um exu como destaque?

– Sabia que ia sugerir isso.

– E então. Enredo, de qualquer jeito, é samba de crioulo doido.

Ele também sabia o que ela ia responder:

– Vou pensar. Exu dando boas-vindas a Maomé em nome das religiões afro-brasileiras.

– O perigo é aparecer um terrorista islâmico. Por muito menos o Salman Rushdie foi condenado à morte.

– Nem sabem onde fica o Brasil. Você é um místico metodologicamente eclético – ela deu uma das suas definições sumárias.

Uma balconista a quem Martin comprara, havia dois dias, um par de xequerês falou com eles:

– Desaparecido!

– Lhe apresento a professora Merienne. Carnavalesca da Alegria do Urubu.

A moça fez um recuo de cabeça para fingir que via a outra mulher:

– Maravilha! Sou madrinha, quer dizer, fui madrinha da bateria da Portela. Briguei e saí. Me convida pra sua escola? – Agora olhava Merienne sem recuo: – Maravilha!

Martin sugeriu que o cabelo louro não caía bem com sua pele escura.

– Ai se o chefe me pega conversando em hora de trabalho. Obrigada pelo convite, querida, apareço. É sua esposa, Marte? Maravilha!

No começo do ano, Martin escrevera longamente a Merienne contando que fora hospedado por Òjè (seguia a notação científica internacional) num terreiro de Egúngún, em Itaparica. Não se convertera à tradição dos orixás, ficasse tranquila, apenas se esforçava para fazer emergir o seu outro, oculto pelo racionalismo ocidental. Corria atrás dele pelo mundo financiado, atualmente, pela Johann Wolfgang Goethe – Universität Frankfurt am Main. "E veja, Mer, que não falo num *sem sentido* patológico. Até bem tarde em minha vida tratei *desde fora* tudo que se relacionasse com possessão, magia, macumba, até bater neste terreiro, do lado oceânico de Itaparica, tão de frente para a África que, andando pela praia, temo enxergá-la. Aqui, refúgio de sombra fora do tempo ocidental, encontrei minha cúmplice, a família de transcendentes a que pertenço. É a elas que quero parecer. Esta é a minha casta."

Com poucos meses de enxergar a África, chutando sobras de costelas gigantes – o lugar fora armação baleeira –, Martin cansou dos Egúngún, mas manteve o fascínio por Elegbá. Em outra carta (de Belém), explicava ter ido, finalmente, além da definição de Exu como herói trickster, desordeiro em nome da Ordem, personificação do ambíguo, da dinâmica social, da existência individualizada etc. "Descobri-o", mas Merienne não via a novidade, "é aquele que, estando em todos os lugares, não está em nenhum. Sendo o filho mais novo de Mawu-Lisa, Exu não recebeu de herança, como os outros, um domínio preciso do universo. Em compensação, teve o direito de se deslocar entre todos os deuses, entre estes e os mortais, entre os mortos e os vivos, entre os homens uns com os outros, horizontalmente, entre seres da mesma categoria; e, verticalmente, entre as diferentes categorias."

Em carta seguinte, felizmente a última, pedindo desculpa à velha amiga (ou era outra coisa?) por alugar sua paciência, continuou: "Como Exu, o negro brasileiro – e o cubano, que conheço um pouco – nada exclui, tudo ele junta. Não por justaposição, como qualquer cultura pode fazer, especialmente as tecnológicas, de abundância. O negro, como Exu, junta os pedaços do mundo como se o mundo nunca se tivesse partido e, ao juntar um, está juntando todos. Foi isso que descobri ao 55 anos, querida Mer." Ela lhe respondera por telegrama: "Só que você não é negro, querido Mar."

– E então, aceita minha sugestão? Um exu de isopor, aí de uns três metros, apresentando Maomé ao Brasil.

Chegou até eles a voz da moça vendendo alguidares de barro e oxalás de latão.

– Aceito. Mas não vai ser de isopor.

Não o vira desde o colégio, nunca pensara nele. Cinquenta anos depois, a voz do senhor negro conversando com a moça do caixa lhe verrumou a memória:

– Conheço o senhor.

Viu que puxava do pé e tinha uma vista nublada.

– Merienne Pereira von Klemn! Lembro da chamada.

– E você é Camilo de Oliveira Santos!

Foram tomar café, ela preferiu cerveja. Contaram a vida aos pedaços, ele com medo de tocar na morte de Biguá, que fora socorrido pela mãe dela, dona Jandira, ela de tocar no roubo do apontador que acendia. Viu-a uma segunda vez no portão de casa, atravessou a rua. Meses depois, de novo no supermercado, ela reclamou:

– Vi você atravessar a rua. Tem raiva de mim?

– Desculpe. É que naquele dia não estava bem.

Fingindo acreditar, de novo o convidou a beber:

– Já o meu caso é que nunca estou bem. Ando atrás de mim e não me encontro.

– Sou quem falhei ser. Somos todos quem nos supusemos.

– Fernando Pessoa.

Merienne o avaliou de cima a baixo. Lembrou das aulas de português:

– Lembra de dona Edite? Dizia que você seria escritor. E eu, dona de escola.

Contou a Camilo que frequentava a quadra do Alegria do Urubu, escrevera um livro sobre a Mangueira, *Da quadra ao palácio*: *espaço, poder e despiste num morro do Rio de Janeiro*. Conhecia Sabará, malandro à antiga, não imaginava fossem amigos. Ele contou como o conhecera, se tornara seu melhor amigo, talvez o único. Ela, que fora presa política cinco anos e pouco.

– Você já era comunista naquele tempo.

Ela temeu que fosse falar do apontador. Mudou a voz:

– Em que tempo?

– Da dona Edite.

Os olhos se tornaram azuis. Ele tentou corrigir:

– Não quis entristecer você. Gosto de comunistas.

– Não entristece. É que essa frase é do cara que me torturou. Lembra do Rui Roberto de Guimarães José?

– Desenhava gibis. Que fim levou?

– Foi do Exército. Agora é diretor da Portela. Me diz uma coisa. Quando vai me perdoar pela merda daquele apontador?

– Nunca.

Riram. Ela exigiu selar as pazes com um almoço alemão em casa, usaria a louça de Dona Jandira, mas sem o fantasma de Edite ou de Rui Roberto, qualquer dia, não, agora mesmo, não aceitava desfeita. Na casa enorme, paredes descascadas, acomodou Camilo no sofá em que depuseram, muitos anos atrás, o corpo furado de Biguá. Como Camilo observasse o velho piano Gaveau, que fora de Jandira, ela dedilhou os acordes de um samba-canção, ágil como em tudo. Escolheu para lhe servir cerveja um copo esmaltado, "Vivo sin vivir en mi", de San Juan de la Cruz:

– É o resumo da minha vida na atualidade – de novo brilharam os olhos azuis. Pediu licença: – Tomo um banho rápido. Depois, você vem me ajudar na cozinha.

Camilo ouviu bater a porta do banheiro, o jorro da ducha. A janela da sala estava aberta, mas fazia calor. Ela demorava no banho, cantarolava. Estaria feliz de reencontrá-lo? Nunca pensara nela. Lembrava da sua voz. Admirava quem assumia a palavra. Como Castru, seu pai, não ia além de torcer por um sistema vago, abaixo de zero. Estava no seu direito desconfiar do coleguinha preto pelo sumiço do apontador. A culpa foi de Edite, com raiva de si mesma. Onde andará? Vendendo rifa no reino da glória. Camilo engoliu de uma vez a cerveja que servira Merienne.

Um banho rápido. Entrou no corredor, Merienne cantava um samba, "De lamento em lamento, de alegria em alegria, ele pedia, o fim da tirania", a água despencava. Nesse corredor, a filha achara um dia Kurt von Klemn pendurado. Deixara a porta encostada, mas no lugar da fechadura havia um buraco. Olhou. Espuma descia pelos peitos miúdos, a barriga empinada, o sabonete alisando os sovacos, Camilo ajeitou o pé aleijado, sem querer seu joelho tocou a porta, Merienne se assustou, largou o sabonete, as mãos cobriram a boceta. Camilo se virou para fugir, seu joelho de novo tocou a porta e a escancarou.

Quando aceitou o convite de Rui e Fuad para fazer o carnaval da Alegria, Merienne procurou imediatamente Camilo. Nada falaram do almoço frustrado:

– Você é da comunidade. Inventa como ninguém.

– Já fui. Gosto do samba, mas não entendo patavina.

– Nem eu – disse ela. – A comissão de carnaval vamos ser eu, você, Luizinho do Estácio e Rui Roberto, que sabem tudo. Trabalho pago. E o desfile que a gente fizer, o Rio jamais esquecerá.

O enredo inventado por Merienne seria escrito por ele. Sobre o Islã, ia da Hégira à briga de sunitas contra xiitas no Iraque. Se preparara para a *Vida dos Neves*, de fortuna crítica garantida, acabava assinando sinopse de carnaval com uma terrorista, um artista plástico e um torturador.

– O povo não lê, mas vê, ouve e dança. Uma noite no sambódromo vale mais que toda a literatura brasileira, de Anchieta a Rubem Fonseca.

Camilo torceu o nariz. Ela corrigiu:

– Quer dizer, quanto ao número de leitores.

Rui Roberto lhe trouxe dezenas de modelos:

– Comece por um resumo para a ala dos compositores. Não pode passar de quinze linhas.

Descreveu a Ascensão de Maomé, verdade e ficção. O Justo entre os justos, atravessava sete céus sucessivos para obter o mais raro dos privilégios, contemplar a face de Deus. Esta era a Noite de Glória, Lailat al-mi'raj.

– No lugar de "sucessivos", ponha "um atrás do outro" – mandou Rui Roberto. – Não leve a mal, sou do ramo há trinta anos.

– Quem não sabe o que é sucessivo? Não subestime.

– É relativo – fez o antigo tenente da PE, acordando em Camilo lembrança triste.

– Outra coisa, amigo. Numere as informações, 1, 2, 3, 4. E comece com maiúscula toda palavra que tem de constar do samba-enredo.

O caravaneiro Maomé não era nada. Dormia no campo. Uma noite um bando de anjos, liderados por Gabriel, o de seiscentas asas, o acordou, abriu seu corpo, do pescoço à barriga, tirou seu coração e o lavou. Recolocou-o de volta, enchendo sua alma de fé e sabedoria. Nesse estado de pureza, Maomé montou a égua Buraque, que tinha cara de mulher e percorria com um salto uma distância a perder de vista. Primeiro, encontraram o Galo Branco, cuja testa sustenta o Trono de Alá e cujas patas repousam na terra. Em seguida, Maomé e o anjo Gabriel encontram Davi e Salomão e, finalmente, numa mesquita celeste, o próprio Jesus. Viram Abraão no seu Trono de Esmeraldas, Abraão que colocou a primeira pedra da Caaba, Abraão, pai de Ismael, ancestral de todos os Árabes. A égua Buraque entra, enfim, no Sétimo Céu, onde são recebidos por anjos. Penetram num edifício dourado que representa a passagem do Mundo Humano para o Mundo Divino. De volta à Arábia, descobrem a Árvore de Ramos de Diamante e de Pérolas, a cujos pés correm o Nilo e o Eufrates. Quando Maomé voltou ao Paraíso, foi saudado por Virgens Infinitamente Belas, montadas em camelo, sua justa recompensa. Quanto aos que não quiseram ouvir o Caravaneiro Humilde que mudou o rumo da História, sofrerão por toda a eternidade as chamas do Inferno.

– Está bom, mas não serve – falou Luizinho pela comissão de carnaval. – O senhor aí já gastou uma página e nem falou do principal. Quando puser o resto, escreveu um livro.

– Está muito bom – amenizou Merienne, doutora em reunião. – Está prontinha a primeira parte do desfile, Ascensão de Maomé. Luizinho tem razão, o enredo vai muito além, é a história do Islã. Quero encerrar o desfile com os malês da Bahia. A primeira parte está pronta. Olha só, anjo Gabriel, égua Buraque, com cara de mulher, o misterioso Galo Branco, a Caaba, que vou colocar logo atrás da bateria, Abraão no seu trono de esmeraldas e diamantes... Vamos deitar e rolar.

Sem literatura, Camilo deu aos compositores informações indiscutíveis. Fuad já tinha o samba vencedor, Merienne e Rui Roberto propuseram fundir os três melhores, cobrindo tudo o que ela queria apresentar na avenida. Aproveitaram para rifar Luizinho, que, amuado, não se acertava com os colegas. De um quarto concorrente, aproveitaram o refrão:

Eu disse,
Assumano, Alabá, Abacá, Tio Sani
E Abedé me batizaram na lei de mussurumi.

Naqueles oito meses, despertou para sempre o gênio da filha de Kurt von Klemn. Planejou o desfile em partes: Maomé e o Islã; cinco carros magníficos, o Corão, a Jihad, a Chari'a, a Caaba e os Malês, ornados de florões, volutas, colunas, torres mouriscas, cascatas de tessubás, cujas costas eram cortinas de tule com caligrafia árabe que nada queria dizer, atochados de turbantes, pufes de brocado, coxins de seda, bacias de cobre, de pedra, de alumínio, encimados por minaretes de papelão, arabescos de latão, rodeados por dromedários de isopor; doze alegorias, a égua Buraque, com a cara esplendorosa de vedete brasileira, o Galo Branco, de cerâmica vitrificada, pés brancos, bico branco, como vira na feira da Ladra, em Lisboa, mas que lembrava a Águia da Portela, a árvore de ramos de diamante e de pérolas, em fibra de vidro, a cujos pés fez deslizar um Eufrates espelhado e rutilante de sol, como a lagoa Rodrigo de Freitas, economizando o Nilo, que desconfiava ser invenção de Camilo; dezesseis destaques, entre eles o anjo Gabriel, de seiscentas asas, interpretado pela amante do prefeito, o caravaneiro humilde que, a poder de plumas, a figurinista Ana da Beija-Flor transformou no xeique de Agadir, vinte e duas passistas, a ala das baianas e a bateria de abadás brancos, fora o material promocional e presentes para os jurados que Fuad pagou sem chiar. O que veio da Portela ficou como presente de escola-mãe. Por muitos anos se falaria da criatividade da ala dos Peregrinos, prosternados de frente para a Central do Brasil, e na ala dos Malês, só de negros incomuns, a dos xiitas, com alamares vermelhos que, na verdade, eram sikhs. De abre-alas uma faixa de lado a lado da avenida,

Alah não quer injustiça contra suas criaturas.
Alcorão 3:108

que Merienne fazia repetir em alegorias de mão, aqui e ali, em árabe correto. Faixa igual fechava o desfile, arrastando os fodidos de sempre, bêbados, mendigos, débeis mentais, putas, meninos de rua, militantes de direitos humanos e supervisores holandeses de ONGs. Destaques dos destaques, as nove esposas de Maomé, mas nenhum como o grupo Abraão, Ismael e o Cordeiro. Merienne convenceu o nonagenário Castru, que lhe garantiram ser o patriarca da comunidade, pai de Camilo, a sair de Abraão, que, com uma adaga de Saladim, ia sacrificar o filho numa pilha de lenha acesa por um efeito especial que Fuad importara de Las Vegas. Abraão sentado, doze clones atléticos faziam o que já não podia fazer o velho que se chamava Marujinho e na serva da concentração do Vasco fizera um filho que se perdeu e tanto procurara, sem saber o tinha longe quando estava perto, com ele passeava na feira, sugerira um título para seu livro, *A caçamba do final da feira*, merda federal, dera a senha pra Camilo matar Biguá, bichos da terra tão pequenos. Um camelo de carne e osso, presente de Caveirinha à agremiação, levava no palanquim revestido de papel laminado de maço de cigarro, arrancando fulgurações, a senhora mãe de Rui Roberto. Havia no morro um ateliê muito antigo especializado em zé pelintras e pombagiras de gesso, Merienne o prestigiou enfiando o casal demoníaco no grupo de alufás tamanho natural que rodeava a Caaba.

Karl Martin trouxe de Frankfurt para esse desfile o seu chefe no Institut für Sozialforschung, mais a esposa, de cento e tantos quilos, a filha, formada em biotecnologia de alimentos, e o marido, jovem filósofo afegão, exilado do tempo da ocupação soviética. Fascinados, Martin (que conhecia escola de samba) e os conterrâneos se afligiram com a bagunça da concentração: adereços de mão largados no meio-fio, chapéus de plumas longe das cabeças, alas inteiras segurando nos dedos sandálias sujas, arrebentadas, lama da chuva que caíra à tarde, fantasias estripadas, esplendores de peito aprumados na bunda, corpos vacilantes de cachaça, pinturas escorridas em rostos de fome, toques de pandeiros, retalhos do samba-enredo, beijos na boca, cheiro de maconha, de éter, brigas. Desleixo, irresponsabilidade, sabotagem, anomia.

Fuad, dono da escola, e Rui Roberto, apareceram com um sujeito atlético, armado de spray cor-de-rosa, pintando sapatos de última hora, seguidos por um pequeno cortejo pedindo pelo amor de Deus não ser tirado logo agora, de havaiana quando a ala era de tênis, de tênis quando era de sapato. O chefão se irritou, o do spray arremessou fora da concentração, por cima da corda, os pedintes. Fuad esbofeteou, sem cerimônia, um senhor do morro, Martin quis abandonar o desfile.

Quando soou a sirene, o mundo se organizou. Os estrangeiros, menos Martin, que ocupou seu lugar de destaque, logo atrás da comissão de frente, foram conduzidos por uma recepcionista ao camarote da diretoria, lá adiante, em frente ao recuo da bateria. Vai começar. Fuad, o dono-presidente, sobe num carro alegórico, berra meia dúzia de palavras.

Quem eram esses estrangeiros (haverá outros, espalhados por aí) e o que faziam no último desfile do milênio, grupo de acesso, quando o normal seria assistirem ao do grupo especial? O amigo de Merienne gozava ano sabático, a jovem cientista, folga de uma semana, a abater das férias anuais, do laboratório Merck, seu marido, dispensa informal, abonada como tempo de pesquisa, o diretor do Instituto, professor emérito, e a esposa viajavam quando queriam.

Na hora agá, um certo Caveirinha surgiu na bateria, lhe passaram o repinique. O pequeno surdo de timbre agudo desenhou o ritmo. Na Praça da Apoteose, onde termina o desfile, seus dedos sangravam. Na dispersão, pressentiu que seria morto. O tarol, os tamborins, o surdo, os pratos lhe deram cobertura, ele escapuliu pelo lado direito, já arrancando a fantasia derrubou uma churrasqueira de gato, atirou nos perseguidores ferindo uma turista chilena no rosto, se refugiou numa casinha de porta e janela, daí a meia hora se consumará o pressentimento. *Uma pessoa* entregara o traficante, de bandeja, diriam no morro, nenhum polícia entraria na dispersão do G.R.E.S Alegria do Urubu se Fuad e seus seguranças não permitissem. Um destes era o angolano José Pichado, ex-guerrilheiro do MPLA, especialista em armas ligeiras e fustigamento.

Os quarenta jurados, caso único no Grupo de Acesso, deram nota dez à Alegria do Urubu. Com duas horas da apuração, a quadra na subida do morro põe gente pelo ladrão. Merienne, Rui Roberto e Fuad chegam nos ombros da massa. Puseram os barris de chope numa varandinha, era só sentar, abrir a boca, a sobra escorria pelos corpos, fazia riachos no chão. Martin, extasiado, procura uma cara conhecida na festa bárbara. Menino em Sulzback, sábado de manhã, vinha com colegas espiar pela janela a taberna da cidade, ainda com cheiro de *Branntwein*, cerveja derramada, salame, tutano de porco, sexo e sovaco. Imaginava um instante o que se passara ali, à noite, corpos apertados nos bancos de carvalho, *lieds*, canecas de líquido vermelho, um animal inteiro, talvez porco, talvez centauro, atirado periodicamente pelas criadas de tranças duplas e avental amarelo no centro da mesa comprida. O menino recuava para a luz da rua, com medo, como agora. Passa um trenzinho humano, carregam com ele, lhe derramam chope por dentro da camisa, as cuecas e as meias se encharcam. "Nada se parece mais com um alemão que um negro", lhe sussurrara no sambódromo o chefe do Instituto, vendo passar uma ala de mulheres. "Não se pode confiar nessa gente, quando não fazem na entrada fazem na saída", o mesmo que se dizia na Europa sobre os alamanos de achas, no tempo de César, e sobre a pequeno-burguesia de Munique, lá por 1925, embriagada de esqui, cerveja, *Karneval* e *Octoberfest*, enquanto nos fundos corriam a patadas as disputas partidárias que deram no que deram, e mesmo dos roqueiros de hoje que derrubaram o Muro para em seguida ressuscitarem os símbolos que o transportavam à *Feldherrnhalle*, Salão dos Generais, em cuja porta, levando-o para a escola, sua mãe diariamente parava, descia da bicicleta para juntos fazerem a saudação nazi obrigatória. Nessa época executaram Walter Klingenbeck, com dezenove anos, e sua mãe, grávida, o marido no exército, lhe propôs um segredo – se fosse menino se chamaria em casa, secretamente, até que a guerra acabasse, Walter Klingenbeck. A ex-esposa, de um casamento breve e ruim, dizia maldosamente a Martin que um Jean Cristophe vive em cada alemão, trágico, abstrato, contido, telúrico como os negros do Brasil, mas, é bom ressalvar, não os da África. "Um alemão sozinho é um alemão, dois é a Germânia", completava ela, ex-aluna de Leopold Senghor em Paris, "tal e qual os negros que ao se reunirem instauram a negritude." Duvidara disso, mas é verdade que ela o dizia com convicção, pouco se importando, como *scholar*, que o interlocutor concordasse. Também o chefe acadêmico lhe sussurrara, quando uma passista se acocorou na concentração para mijar, tão perto deles que o cheiro de sexo intumescido os assustou: "É bom viver num país em que ombro é ombro e bunda é bunda."

Fuad pega o microfone:

– Neste ano... 2000... só podia dar Alegria. Dou neste momento a largada oficial para a vitória de 2001. Alô, alô, Grupo Especial, olha a Alegria do Urubu aí!

Em vão, Martin tenta se aproximar do grupo que acaba de jogar Merienne pro alto, a blusa rasgada, o jeans arriado já deixa ver a calcinha branca. Em pânico, seminua, é empurrada para a sala de Fuad. Ali, sem sua ordem, cabo Devair não deixaria entrar nem o falecido Natal. O chope não para de jorrar. Os puxadores se esgoelam, embriagados de interpretação.

Mas eu disse
Assumano, Alabá, Abacá, Tio Sani
E Abedé me batizaram na lei de mussurumi.

Impossível, aqui na quadra, se prosternar em direção a Meca. O primeiro casal, em roupas comuns, consegue abrir uma clareira para evoluir. Fuad, Rui Roberto e Merienne, de novo vestida, aparecem no balcãozinho ao lado da bateria, que rufa em saudação. Quando retorna o samba-enredo, Martin pensa ter descoberto o segredo do Brasil. Procura um ouvido para a revelação. Não viu Camilo no balcão, esquecido talvez por sua vontade própria. Barbárie. Em Sulzback, com doze anos, no dia seguinte olhava da porta o que sobrara da alegria pagã dos adultos, medroso de não ser bastante humano para "sentir aquilo" ao chegar a sua hora. O segredo não era um, eram dois, cinco, se multiplicavam conforme crescia a festa à sua frente, à sua volta, por cima e por baixo, furibunda, vertiginosa. Tirou do bolso de trás um bloquinho e uma caneta.

Em 1961, Martin fora a Havana encontrar a mãe. Empolgada com a revolução, Eva Schopp pertencia ao círculo internacional de Mulheres Incansáveis que desde o fim da guerra farejavam combates pela paz e o socialismo, "Za Mir!", diziam em russo, broche com a pomba de Picasso na gola esquerda. Nunca a vira tão feliz acompanhando a mãe de Guevara numa visita ao filho, em Las Cabañas, para interceder pelos trezentos e tantos condenados ao *paredón*, de que ela voltaria ainda mais feliz com a resposta do Che: "Não se meta nisso, por favor. As execuções não são justiça, são limpeza, com minha própria pistola executei vários." Não recebia salário para gerenciar a escola de balé popular da amiga Vera, a Fugitiva das Revoluções, escapa dos cataclismos de 17, 39 e 45 para desfrutar a mínima tranquilidade aqui, no Cocrodilo Verde, antes do desembarque do Gramma, mas desde Munique a vida lhe sorria. Um sábado, um poeta escuro, cabelo liso, que a paquerava sem cerimônia, Nicolás Guillén, os arrastou a um baile de negros no povoado de Guanabacoa, o mesmo que mudara a vida de Vera ao lhe dar a matéria-prima para montar, enfim, realizando um sonho de décadas, a sua *Sagração da primavera*, de Strawinsky. Naquele terreiro, de fato, não se dançava *cheek-to-cheek*, com a malícia dos inferninhos e discotecas, mas sozinho e, ao mesmo tempo, junto, dançar por dançar, "con júbilo", lhe disse Guillén, o que pode, agora que a viu no Brasil, em escala inimaginável para um europeu, mesmo alemão ou russo, traduzir como "alegria": forma de esquecimento de si, alcançável pelos ritos antigos em que os simulacros eróticos da fecundidade, através dos movimentos dos ombros, da cintura, as ondulações dos corpos, as premeditadas perseguições à fêmea, que negaceia, obedeciam às leis de uma harmonia corpórea – sacralidade primordial, diria um outro meio cubano, meio francês que também conheceu naquele sábado, mas que não os acompanhou a Guanabacoa, convocado às pressas por Fidel, Alejo Carpentier.

O trenzinho suarento que o colhera na ida, voltava agora:

– Alegria do Urubu, vai tomar no cu!

Chope à vontade, determinara Said Fuad Filho. Ano que vem desbancariam a Imperatriz Leopoldinense. Comia mulatas, mas sua tara eram tuberculosas, verdadeiras ou falsas. Casado com uma prima, trazida pelo velho Fuad da viagem à Síria, quando primeiro descobriu o caráter de Fuadinho, dormia as noites de sexta em casa de Merienne. No corredor em que se pendurara Kurt von Klemn, passeava nu, insone, girando entre os dedos os lápis que cabo Devair apontava. Martin, que quinze anos atrás talvez tivesse amado Merienne, compreendia que um homem como Fuad desejasse submeter a mulher safa que beirou o inferno. Rui Roberto lhe terá contado o que fez com ela, contenda do leão e da gazela, dos cães e da raposa, do cobrador e do endividado, da isca e do pescado, do deserto e do assinalado, dos filhos e do pai que o caçam a pau na beira do rio para lhe tomar as mulheres suas irmãs, numa palavra a que para todo o sempre e em todo o lugar se chamará contenda do torturador e do torturado. Fuad comia nas noites de sexta-feira a história encarnada na mulher de omoplatas de sacerdote egípcio. E ela? Martin fora pouco mais que nada para Merienne Pereira von Klemn.

– Alegria do Urubu, vai tomar no cu!

Tomar no cu, quem? Se era a escola que amavam, não fazia sentido, a não ser que fosse bom. Se eram os inimigos, é que sua alegria consistia no sofrimento de um outro vago, sem rosto e sem nome, que sequer saberia da prescrição; um outro concreto, que lhe cortava a luz, aumentava o preço da farinha ou, à noite, preguiçoso de se arrastar até a privada comunitária, urinava na parede do *bohío*. Dor, poder, história, esquecimento tinham seu balé primitivo. Da primeira viagem ao Brasil, Martin trouxera, junto com uma coleção de sambas-enredo, um tamborim que enlouqueceu o colega com quem repartia um apartamentozinho, antiga morada de sinalizador ferroviário colada aos trilhos que seguiam para Munique. "Que diabo você vê aí?", indagara o colega, "toda música de negro é igual." "Não essa. Repare a combinação da percussão violenta com a suavidade do canto." A alegria dos fodidos precisava do contágio. Infecunda, dela nada se podia esperar. O fantasma de Vinquinho fora o retrato do pai, o filho de Sabará, que não o amava, queria dar um sentido à alegria, negros contra brancos. Luís Carlos Andrade, que o subestimava, sofrera o diabo por acreditar em proletários contra capitalistas.

– Pior que é.

Aderaldo afinava o coro pelo apito do trem. Sabará inventara para si uma biografia errática, nem o apelido correspondia ao local de nascimento. Na Gíria se inventavam palavras que corriam mundo. Castru, que fora barrado por um cachorro, percorria a feira com perguntas irrespondíveis. Mariângela encompridava as músicas de Tim Maia. Adolescente, Martin catava cogumelos com moças corpulentas de avental amarelo.

O trenzinho humano atropelou as anotações de Karl Martin, lhe derrubou os óculos. Quem tem Alegria não precisa de História, livre para todo o sempre. Se abraçou com dois xiitas, uma das sete virgens do Profeta o agarrou por trás, o ventre colou na sua bunda. Acabou jogado no canto em que se refugiara Camilo, semibêbado.

– Alegria do Urubu, vai tomar no cu!

– Que estão comemorando? – perguntou Karl Martin.

Este livro foi impresso na Editora JPA Ltda.
Av. Brasil, 10.600 – Rio de Janeiro – RJ
para a Editora Rocco Ltda.